光文社文庫

文庫書下ろし

なごりの月

日本橋牡丹堂 菓子ばなし(二)

中島久枝

光 文 社

この作品は光文社文庫のために書下ろされました。

目次

初春

祝い菓子は桃きんとん

一

小萩《こはぎ》が日本橋から鎌倉のはずれの村に戻って三月《みつき》が過ぎた。

帰ったのは木枯らしの吹く年の暮れだったが、いつのまにか海の色も明るくなり、春めいてきている。

困ったなぁ。

玄関先の落ち葉を掃きながら、小萩は小さな声でつぶやいた。

正月が来て、十七になった。つきたてのお餅みたいなふっくらとした頬に黒い瞳、小さな丸い鼻。美人ではないが愛らしい顔立ちの娘である。

家は豊波《とよなみ》という小さな旅籠《はたご》で、家族は祖父母に両親、二歳違いの姉のお鶴《つる》と十三歳になる弟の時太郎《ときたろう》。忙しい時は手伝いを頼むこともあるが、だいたいは家の人でまわしている。

小萩もお鶴といっしょに母親を手伝う。

お客さんは朝早く出立するから夜明けには起き出して朝飯の用意をし、発《た》ったら掃除にかかる。家の周りを掃いて、長い廊下と階段を拭く。風呂を洗う。洗濯を手伝うこともある。お針やお茶のお稽古に行き、帰りにちょっとおしゃべりをして戻って夕食の支度。お客さんのお膳を運び、片付けてからようやく自分たちの食事になり、こんどはその後片付けがあって、明日の米をとぐと夜は更けている。その頃には疲れて、まぶたがくっつきそうなほど眠い。

宿というのは家の延長のようなものだから、食べて寝て風呂に入る。考えてみれば、ほとんどが女の仕事なのだ。父親は力仕事もするが、だいたいはお客さんと話をしている。そうでなければ、村の寄り合いに出る。結構のんびりしている。その間に女たちがくるくる動き回るのが、宿の仕事というものだ。

まぁ、そんな風に三月が過ぎた。

ふるさとは好きだ。家の仕事は嫌いではないし、家族は仲良く、友達もいる。不足があるわけではない。

けれど。

やっぱり、もう一度日本橋に戻り、二十一屋《にじゅういちや》で働き、菓子を学びたい。

だが、もともと一年という期限つきで許してもらった江戸行きである。今さら、もう一度というのは言いにくい。

しかも間もなくお鶴が嫁にいく。

相手は村の名主《なぬし》の惣領息子の朝吉《あさきち》だ。二人は幼馴染みで、もうずっと以前に夫婦《めおと》になる約束をしていたそうだ。

お鶴が出て行ったら、ただでさえ忙しい宿の仕事は誰がする？　お時《とき》と小萩の二人しかいないではないか。

それを分かっていて、もう一度江戸に行きたいなどと言い出すのは、自分勝手が過ぎるだろう。

ぐずぐずとためらっているうちに、お鶴の祝言が五日後に迫ってきた。

お針の稽古の帰り、仲良しのお駒《こま》とお里《さと》といっしょに村に一軒しかない茶見世《ちやみせ》に立ち寄ると、二人は待ってましたというように小萩にたずねた。

「ねぇ、お鶴ちゃんの嫁入り支度、すすんでいる？」

お駒は二軒先の油屋の娘で、やせて背が高く、日に焼けた浅黒い肌に勝気そうな黒い瞳を輝かせている。

「花嫁衣裳はどんなものになるの？」

お里はお駒の向かいにある干し魚を扱う見世の娘で、ぽってりと肉のついた丸い体つきの色の白い、おとなしげな子である。

「もう、毎日、その話なんだから」

小萩は口をとがらせた。

「だってぇ、気になるんだもの」

二人は声をそろえた。

小萩は日本橋のこととか、菓子の話をしたいのに、お駒とお里の関心はもっぱらお鶴の嫁入り支度だ。

お駒にもお里にも、決まった相手がいる。お駒の相手は同い年の漁師の勘吉《かんきち》で、最初は何とも思っていなかったが、盆踊りの日に好きだと言われて、それからなんとなく、そんな風になったのだそうだ。お里の相手は二つ年上の農家の長男、大作《だいさく》で、お里の兄と大作が仲が良く、以前から家によく来ていた。

「小萩ちゃんだって、うかうかしてたらだめだよ。十七なんだから。自分で決められないと、お重《しげ》ばあさんの縁談を待つしかないんだよ」

お駒がおねぇさんぶって言った。

お重ばあさんというのは顔の広い世話焼きの女で、あちこちの家に縁談を持って来る。お重ばあさんにとって重要なのは家の格や財産のあるなしで、当人の年格好や性格は二の次、三の次である。しかも親が決めてしまって、祝言の日にはじめて相手の顔を見るというのもめずらしくない。

なんでも良く言うのが仲人口だから、「役者にしたいような男前」が平凡な顔立ちなどはまだかわいい方で、「落ち着いた大人の人」は髪が薄い、「まじめで辛抱強い人」は無口でほとんどしゃべらないを意味することもある。

祝言の席で、しまった、こんなはずではなかったと後悔しても遅い。女三界に家無し。若い時には親に従い、嫁にいけば夫に従い、老いては子に従う。誰といっしょになるかで、人生の大半が決まってしまう。

だから、村の娘たちは相手を探すのに必死になる。

小さな村のことだから、独り者の男の数は限られている。

早い者勝ちだ。

「だけど、あたしたちの年ぐらいでは、もうほとんど決まったよねぇ。まだ、相手がいないっていったら……」

お駒が首を傾《かし》げる。

どうやら、小萩はすっかり出遅れてしまったらしい。

松林の向こうに鎌倉の海が広がっている。春の日にきらきらと光って、砂浜に白い波が寄せ、一羽の黒い鳥の影が横切った。
「日本橋に帰りたいなぁ」
小さくため息をついた。

頭のどこかで物売りの声がする。そう思った途端、目の前にぱあっと日本橋の風景が広がった。

日本橋北橋詰は一日千両が動くといわれる魚河岸で、売る人、買う人でごったがえしている。神田に続く通りの両側は味噌に本、酒に塗り物とさまざまな見世が並ぶ。その前を馬に乗ったお侍、供を連れて歩くお武家の奥方、お得意さんに向かう商人、荷物を背負った旅人、天秤棒《てんびんぼう》をかついだ物売り。駕籠《かご》が通り、犬が鳴いて、子供が駆けていく。

井桁《いげた》に三と染め抜いたのれんのかかる越後屋《えちごや》の前を過ぎて浮世小路《うきよこうじ》に入ると、小萩が働いていた二十一屋がある。大きくはないが、日本橋ではちょっと知られた菓子屋だ。

紺ののれんに牡丹《ぼたん》の花を白く染め抜いているので牡丹堂と呼ぶ人もいる。

名物は豆大福。朝、店を開ける前からお客さんが並んでいる。今の季節なら桜餅に草餅、上生菓子なら桜に菜の花。

旦那さんと見世のみんなに呼ばれているのは、弥兵衛《やへえ》。二十一屋をはじめた菓子職人で、今では隠居して毎日のんびり釣りや将棋をしているが、若い頃からその腕を知られていた名人だ。

その弥兵衛を支えて、いっしょに二十一屋を立ち上げたのはおかみのお福《ふく》である。名前の通り下がり目の福々しい顔立ちで、かわいらしくて情に厚い。弥兵衛より六つ年上の商売上手。このお福と小萩の母のお時が遠い親戚である。仕事場を仕切るのは娘婿の徹次《てつじ》。頑固一徹の職人肌、子供の頃に二十一屋に来て、弥兵衛の下で腕を磨いた。少々気が短いところがあるのが、玉に瑕《きず》。

弥兵衛とお福の娘で、徹次の恋女房であったお葉《よう》は九年前に亡くなってしまった。その息子が幹太《かんた》で十五歳。そろそろ菓子屋の仕事を覚えなくてはならない年なのに、遊んでばかりいる。小萩を「おはぎ」と呼んでからかう。

職人は留助《とめすけ》と伊佐《いさ》の二人。

留助は三十路に手が届く、気のいい人だ。お酒好きの遊び好きで、世間の噂にくわしい。そして伊佐。十九歳の真面目で仕事熱心、腕のいい職人だ。無愛想で口数が少ない。笑う時も片頰をあげるだけだ。でも本当は熱いものを胸に秘めていることを小萩は知っている。

小萩は伊佐を見ると、端午《たんご》の節句に飾る菖蒲《しょうぶ》を思い出す。剣の形の細い葉はまっすぐに伸びて、つぼみは固いこぶしのように天に向かっている。握りしめたこぶしの中には鮮やかな色がある……。

一年が過ぎて二十一屋を去る時、小萩はかならず戻ってくると心に決めた。それは江戸の菓子屋で働いてみたいという憧れが、菓子づくりに一生かかわっていきたいという夢に変わったから。そして、伊佐という人に出会ったからでもある。


想いにふけっていたら、お駒が不機嫌そうな声を出した。

「ねぇ、何を考えていたの？　また日本橋のこと？」

「違う、違う」

あわてて言った。

「やっぱりそうなんだ」、
お里が淋《さび》しそうな顔をした。


二人と別れて家に戻ると、母のお時がお勝手であじを洗っていた。

「南蛮漬けにするから、手伝いな」

お時は振り向きもせずに言った。

ざるには手の平に乗るような小さなあじが山盛りになっている。朝、浜にあがったばかりのあじの目は透き通って、背中はぴかぴかと光っている。脂ものっているにちがいない。これを油でカリッと揚げて、しょうゆと酢と唐辛子を利かせた汁に漬け、ねぎをたっぷりのせる。今晩食べてもいいが、明日になれば味がしみてもっとおいしくなる。お時の十八番《おはこ》で、小萩も大好きな料理だ。

小萩も並んであじのワタを取る。

泊まり客の夕食にも出すから、あじは五十尾でも足りないくらいだ。

うどん粉をまぶして揚げ油の鍋に入れると、ジュウジュウと音を立てながら、小さな泡がたくさん浮かんできた。ほどよいところで、あじをくるりと回転させて反対側も揚げる。一度取り出して、少し冷まして、もう一度鍋に。二度揚げすると、骨までやわらかくなって、頭から食べられるのだ。

揚げ終わってざるに並べていると、お時がさりげない調子で言った。

「さっき、お重さんが来たんだよ。あんたに縁談だって」

「私に？」

「年に不足はないだろう」

十七なら、年ごろである。

「うん。そうだけど」

「鎌倉でお寺に生麩《なまぶ》や湯葉を納めているお店の若旦那だって。人も二十人から使っていて、繁盛しているらしい。江戸まで菓子を習いに行った娘がいるとお重さんから話を聞いて、それぐらい元気のいい人がいいと思ったんだってさ。さっき、顔を見たけど、しっかりした頼りがいのありそうな人だったよ」

「ここに来たの？」

びっくりした。

「間に人を立ててやり取りするのはまだるっこしいからって、お重さんと一緒に来た。おじいちゃんとおとうちゃんがいたから、会って話をした」

本人と会って、おじいちゃんがうんと返事をしたら、それでもう話は決まってしまう。

まさか、まだ決めてないよね。

小萩はどきどきしてお時の横顔を眺めた。

お時は知らんぷりをしている。

その時、廊下から足音がした。

「おい、小萩。なんだ、帰って来てたのか。お前、いい話があるんだぞ」

父の幸吉《こうきち》はこぼれんばかりの笑顔だ。

「縁談だよ。鎌倉の豆花屋《まめはなや》って大きな見世の若旦那でね。なんとしてもお前を嫁に欲しいってさ」

「もう、決めちゃったの？」

「いやいや。だって、お鶴の祝言が五日後だろう。おじいちゃんが、今は家の中がすっちゃかめっちゃかだから、落ち着いてからにしてくださいって返事をした」

幸吉はいつもの癖でしっちゃかめっちゃかを、すっちゃかめっちゃかと言った。

「祝い事は重なるっていうけど、本当だな。鎌倉ならそんなに遠くないし、豆花屋は老舗《しにせ》だからね」

父はもう決まったような口ぶりだ。

「でも、私までお嫁に行ったら、うちの仕事はどうするの？　おかあちゃんだけじゃ大変だよ」

「大丈夫さ。それはお前が心配することじゃない」

幸吉は急に真顔になって小萩を見つめた。

「だけど、小萩まで嫁に行ったら淋しくなるなぁ。家の中が暗くなっちまうよ」

顔をくしゃくしゃと縮めた。

その時、裏の戸が開いて、姉のお鶴が入ってきた。小萩は母親似だが、お鶴はおじいちやんに似ている。背が高く、すらりとしている。色白で、うりざね顔に切れ長の黒い大きな瞳。子供の頃から美人といわれたが、祝言が近づいたこの頃は花が咲いたようにきれいになった。

しかもお鶴は小さい頃からしっかり者で、お針も習字も算盤《そろばん》も上手である。小萩は出来のいい姉と比べられ、肩身の狭い思いをしている。

「お鶴、小萩に縁談が来たんだ」

幸吉が言うと、「えっ。そうなの?」と驚いた顔になった。

「うん。鎌倉の人でね。大きな見世の若旦那で頼りがいのありそうな人だよ」

「もう、会ったの?」

お鶴は目を丸くした。

「さっき、ここに来たんだよ。人を介するのは面倒だ、会って話をした方が早いって言ってさ」

「ずいぶん、せっかちな人なのね」

「仕事ができる男はみんなそうだ。まだるっこしいことを嫌がる。だけど、そういう口八丁手八丁、頭のきれる人の嫁が小萩に務まるかねぇ。小萩はのんびりしているから」

幸吉は喜んだり、心配したり忙しい。

ちらりとお時が小萩に視線を送る。

お時はもう一度江戸に行きたいという小萩の気持ちをなんとなく分かっているらしい。

「それで、いいの?」と言っているように見えた。

一年の約束で日本橋に行きました。だけど、一年では全然足りません。もう一度、日本橋に行かせてください。菓子を習いたいんです。

のどまで出かかっているが、言葉にならない。

そうやってぐずぐずしているうちに、話が決まってしまうかもしれない。なにしろ相手はまだるっこしいことが大嫌いなやり手の若旦那だ。


夕方、お使いに出かけたら、誰かに見られている気がした。振り向いても誰もいない。やっぱり視線を感じる。

もう一度、後ろを見ると松の木の陰に背の高い大きな男がいた。えらの張った四角い顔の真ん中に立派な獅子鼻《ししばな》がある。髷《まげ》を結った髪は黒々として固そうだ。

「もしかしたら、あんたは小萩さんじゃないかね」

男がたずねた。よく響く、低い声をしている。

「あ、はい。そうですけど」

小萩は用心深く返事をした。

「お父さんから話を聞いているかもしれないけど、豆花屋の豪太郎《ごうたろう》という者だ。ちょいと話をさせてもらっていいかね」

「今、ですか？」

「うん。時間は取らせないよ。すぐそこに茶見世があるだろう」

豪太郎は有無を言わせぬ言い方をした。小萩は豪太郎について茶見世に入った。茶見世といっても奥にかまどがあり、表に床几《しょうぎ》をおいただけの小さなものだから、通りからよく見える。すぐ横には、近所のおかみさんが三人いた。

おかみさんたちは「おや、豊波の娘が男と二人でいるよ」という顔でちらりと見る。

小萩は恥ずかしくてうつむいた。

座るとすぐ、豪太郎はたずねた。

「江戸に菓子を習いに行っていたんだってな。日本橋か？」

「はい」

「菓子が好きなのか？」

「はい。お菓子は好きです。色も形もきれいで、食べるとおいしくて幸せな気持ちになります」

「見世ではどんなことをしていた」

豪太郎の問は矢継ぎ早だ。心底まだるっこしいことが嫌いな性分らしい。

「おかみさんと一緒に見世に立って菓子を売ったり、時々はつくり方も教えてもらいました。後は洗い物や掃除や台所仕事です」

「手伝いか」

「それだけじゃないです。まだまだですけど、一人でお菓子をつくったこともあります。京都の菓子屋のご主人に頑張りなさいと言われました」

「そうか。それはよかった」

豪太郎は少し笑った。笑うと愛嬌のある顔になった。

「俺の家の商いは湯葉と生麩だ。あんたは食べたことがあるか？」

「湯葉はありますが、生麩は食べたことがありません」

「まぁ、坊さんの食べ物だからな。坊さんは酒も魚も断っているが、その分食い物にはうるさいんだ。どっちも豆腐をうんと贅沢にしたようなもんでね、うちの湯葉は上等の大豆を使っているから色も真っ白だし、味も濃い。生麩はもちもちして体にいい。菓子みたいにきれいな色をつけたものや、あんこを包んだものもある。きっとあんたも気に入る。一度食べに来たらいいよ」

「ありがとうございます」

小萩は体を固くして小さな声で礼を言った。

豪太郎は太いがっしりとした指で湯呑をつかむと一気に茶を飲んだ。その様子は豪快といってもいいほどで、小萩は頭から塩をかけられて食べられてしまいそうな気がした。

「俺はあんたみたいな娘を探していたんだ。嫁に行くのが人生の一大事で、頭の中はそれだけっていう娘はつまらない。俺といっしょに見世を大きくする気はないか？　あんたが日本橋で習ったことがきっと役に立つ」

「急に言われても……」

そばにいるおかみさんたちが聞き耳を立てているのが分かる。明日には噂が村中に広まるかもしれない。

「そうだな。おねぇちゃんが祝言なんだろ。それが終わって落ち着いてからにしてくれって、あんたのおじいさんにも言われた」

「少し、考えさせてください」

「うん。分かった。無理に働かせようってことじゃないんだ。あんたは商売とか、そういうことが好きだろ。だから、家の中に引っ込んでばかりじゃ退屈すると思うんだ。俺は女房は大事にする。酒も博打《ばくち》もするが、夢中になんかならねぇ。だから、約束する。あんたのことは、大事にするから。親御さんがいいって言ったらそれで決まりってやり方もあるけど、俺はあんたの気持ちを大事にしたい」

「はい」

豪太郎は小萩の顔をじっと見つめた。

「かわいい顔しているな」

「えっ」

かわいいと、男の人から面と向かって言われたのは初めてだ。小萩はどぎまぎした。

「心配するな。あんたのことはかわいがるよ。かわいがる、かわいがる、かわいがる。女は女房だけだ」

三人のおかみさんがいっせいに振り向いた。小萩は顔をあかくしてうつむいた。


小萩に縁談があったことは、すぐに村中に知れ渡った。

翌朝、お駒のおばあちゃんがお鶴の祝いの品を持って来て、その話をした。お駒のおばあちゃんは顔はしわくちゃだが、腰はまっすぐで耳も遠くなっていないし、目もよく見える。小萩の噂を耳にして、さっそく確かめたくてやって来たに違いない。

「お鶴ちゃんの祝言が終わったら、今度はまた、小萩ちゃんなんだってねぇ。豆花屋さんといえば鎌倉でもよく知られた有名な見世なんだろう。たいしたことだよ」

「まぁ、もうそんな話を聞いているんですか？　昨日、お重さんが来てくださったばっかりなんですよ」

小萩の祖母のつえは口では「まだまだ」と言いながら、うれしさを隠しきれないという様子で答えた。隣で小萩も頭を下げる。

「ああ、お重さんが持って来たご縁なのか。それはそれは。それで先方はどんな人なんだい？」

さっそく根掘り葉掘りたずね始めたので、小萩はお茶をいれに退散した。

お茶と漬物を持って行ったら、豪太郎が一人息子で上に姉が二人いて、どちらもすでに片付いているとつえが話していた。

「ああ、そうかい。だけど、上にねぇさんが二人っていうのはなかなかだねぇ。弟は姉に頭が上がらないもんだから」

お駒のおばあちゃんはいつものように厳しいことを言う。あら探しが得意な人なのだ。

「小萩ちゃんものんびりの方だから、嫁に行ったらうかうかしていないで、よおく向こうのおとうさん、おかあさんに仕えるんだよ。お嫁に行ったおねぇさんのことも忘れちゃだめだ」

「はい」

小萩は神妙な顔で頭を下げる。

その次にお茶のお代わりを持って行ったら、二人は小萩が江戸に行った時のことを話していた。

「だけど、あんたたちもよく許したもんだよねぇ」

「まぁ、心配は心配だったんですけどね、この子がどうしても行きたいというし、二十一屋のおかみさんはお時の遠い親戚で、旦那さんもおかみさんもしっかりした人たちでね、それなら安心だってことでね」

「はぁ。そうかい。それはまあねぇ。でも、うちじゃあ、そんなこと考えられないよ。お駒が江戸に行きたいなんて言ったら、家中がひっくり返る」

「そうですかぁ」

つえは内心むっとしたらしいが、顔には出さずに笑っている。

「だって娘の十六、十七っていったら一番大事な時だよ。そこで一生が決まるっていってもいいくらいだ。そんな時に親元を離れて、しかも江戸に行くなんてさ。悪い道に進まなきゃいいがって心配してたけど、本当によかったよ」

「まぁ、どこの家でもそれぞれお考えがありますからねぇ。うちはうちなんですよ」

つえはやんわり否定する。

悪い道とはなんだろう。小萩はまじめな気持ちで菓子を習いに行ったのだ。お駒のおばあちゃんにとやかく言われる筋合いではないと、小萩は少し腹を立てた。

しかし考えてみればお駒のおばあちゃんは生まれてこの方、この小さな村から一度も出たことがない。江戸は大変に恐ろしい所だと思っているのかもしれない。

お駒のおばあちゃんが帰ると、今度はお里が母親とともにやって来た。小萩がお茶を持って行くと、つえとお里の母親はお鶴の祝言について話をしていた。

どうやら小萩の縁談の話は出ていないらしい。ほっとして台所に戻ると、お里が顔をのぞかせた。

「聞いたわよ。豆花屋さんの話。すごいね。豆花屋って、建長寺《けんちょうじ》にも鶴岡《つるがおか》八幡宮にもお出入りを許されている大店《おおだな》よね。小萩ちゃん、玉の輿だね」

お里はうらやましげに言う。

「男らしくて立派な人だったんでしょ」

たしかに男らしい。しかし、好ましいかどうかはまた別の問題だ。

「まだ、決まった訳じゃないし」

「まさか、断るつもりじゃないわよね」

お里が心配そうな顔になった。

「小萩ちゃん、日本橋にもう一度行きたいなんて思ってないわよね。そんな夢のようなこと考えたらだめよ。そりゃあ、日本橋はここと違ってにぎやかで面白かったかもしれないけど、でも、私たちはこの村で生まれたんだから、江戸っ子とは違うのよ」

「分かっているわよ」

「お駒ちゃんも心配していた。小萩ちゃんは本当にお嫁に行くつもりがあるのかしらって。女はすぐ年をとるから、ご縁は大事にしなくちゃ。えり好みをしたらだめよ」

お里は訳知り顔で言った。きっと誰かの受け売りだろう。

女は嫁に行き、母親になるのが幸せ。お駒もお里もそんな風に考えている。

だが、小萩は江戸で違う生き方を見て来たのだ。

牡丹堂のおかみのお福は弥兵衛や徹次を助けて見世を切り盛りしている。

新しい水羊羹《みずようかん》をつくったとき、お福は「一番いいあんこでつくっておくれ。あたしが売るから」と言った。その通り、上等のあんでつくった水羊羹はすぐ売り切れて、見世の定番になった。

商いのこと、見世のこと、人の気持ちに通じている。

それから、呉服の川上屋《かわかみや》の若おかみのお景《けい》。

舅《しゅうと》、姑《しゅうとめ》、旦那や見世の番頭に反対されても見世に立ちたいと、自分で考えた着物を着て日本橋の通りを歩いた。古い人たちに妙ちくりんだと笑われても、歩き続けた。そのうちにおしゃれな女の人がいると若い娘たちの間で評判になり、お景の着物は大人気になったのだ。

小萩はお福やお景に憧れて、あんな風になれたらという気持ちを抱き始めている。

二十一屋に行ったばかりのころ、小萩は菓子のことはほとんど知らなかったし、仕事も出来なかった。

朝一番の仕事が大福を包むことで、最初の人があんを丸め、次の人が餅で包み、最後は粉の中で転がして番重《ばんじゅう》という箱に並べる。

小萩はあんを丸める係になった。熟練の職人はあんをぱっとつかんで、いつも同じ重さになるというが、小萩は秤《はかり》で計りながら丸めるから時間がかかる。あせるとあん玉が手の上からころころと転がり落ちることもあった。

それで手の空いている時に、小豆《あずき》をつかって何度も稽古した。

そんなことをしているうちに、ちょっとずつあんの煉《ね》り方や、菓子のつくり方を教えてもらえるようになった。

あんを煉るのは力がいる。最初はへらも軽くて回しやすいが、水分がとんでぷくん、ぷくんと粘りのある大きな泡が出るようになると、へらは強い力で引っ張られているように重くなる。薪《まき》を燃やすかまどの前に立ち、重たいへらを動かしていると、北風の吹く寒い日でも汗びっしょりになった。

俗にあん炊き十年というのだ。

力がいるし、かまどの前に立つから夏は暑く、冬は水仕事で冷たい。辛《つら》さに逃げ出す奉公人も多いという。

きれいな菓子をつくりたい。菓子職人になりたい。

その気持ちだけでは進めない。

京都の老舗和菓子屋の主人に言われた言葉が思い出された。

「もう、この道しかない、自分はほんまにこの仕事で生きていくんやと思えるんやったら、不器用やろうが女子《おなご》やろうが、関係あらへん」

そう言われた時、目の前にぱっと道が開けたような気がした。

女だって菓子職人を目指していいんだ。

なれるかどうかは分からない。

でも、なりたいという強い気持ちがあるならその道に進めばいい。

それは他人に決めてもらうのではなく、小萩自身が決めることなのだ。

「おねぇちゃんの祝言に出すお菓子がまだ決まってないから、これから帰っていろいろやってみようと思うんだ」

小萩はそう言って立ち上がり、二人と別れた。

家の台所で菓子にとりかかる。

祝言は婿の家で行われ、嫁側の家族は出席しないことになっている。漁師の多いこの村では酒飲みが多い。祝言は夕方から朝まで続く。食べて飲み、飲めば歌が出る。踊りになる。そんな宴会の料理の脇に、小萩のお菓子も並べてもらうつもりである。

つくるのは、薄紅と若草の二色で染め分けたきんとんで菓銘は「桃の林」。数は百個。

きんとんというのはまん丸の毛糸玉のようなかわいらしい菓子だ。桃色に染めれば桃や桜にみたてられ、緑にすれば若葉、白一色で雪景色を表すという風に、これさえ覚えておけばいつでも使えるという便利なものでもある。

遠い昔、まだ奈良に都があった頃、中国から「混沌《こんとん》」という食べ物が伝わってきた。粉をこねて丸めて揚げた食べ物で、味は甘いのか塩辛いのか分からない。とにかく、その混沌は長い年月の中で少しずつ姿を変え、一方ではうどんになり、また一方ではきんとんと呼ばれる菓子になったそうだ。

このことは徹次から教わった。

山芋の季節なので、蒸してすりおろした山芋を白こしあんに混ぜてつくることにする。山芋を使うと淡い色もきれいに出るし、風味もいい。

色粉で桃色に染めたきんとん生地を、細竹を組んだこし器にのせ、親指のつけ根のふくらんだところでぐっと押す。やわらかなきんとん生地はこし器の目を通り、細い糸になってするすると伸びてくるから、その形をくずさないように箸でそっとつまんであん玉の片側にのせていく。

同じように、今度は若草色に染めたきんとん生地を細い糸にして、あん玉のもう半分にのせる。

桃色と若草色に染め分けたきんとんが十個ほど並んだ。

「わぁ、きれい。このお菓子、小萩がつくったの？」

声がして、お鶴が台所に入って来た。

「桃色は桃の花で若草色の方は葉っぱで、おねぇちゃんと朝吉さんのつもりよ」

中国では桃は長寿や健康を表す縁起のいい樹木で、桃源郷とは桃の花の咲く伝説の理想郷の意味。だから、祝いの席に桃が使われることも多い。

「すごいわねぇ。小萩はこんなお菓子もつくれるんだ。さすがに江戸帰りだって、みんなびっくりするわよ」

「ねぇ、ねぇ。ひとつ食べてみて」

お鶴は一口食べて笑顔になった。

「あんこがおいしい」

「でしょう? 小豆を豆から炊いて、ていねいにさらしたの。そぼろの方は山芋が入っているの。いい香りがするでしょう」

小萩はうれしくなって一生懸命説明した。

「これ、全部一人でつくったの? 大変だったわね」

「まだまだ、こんなもんじゃないの。祝言のときには百個用意するつもりなんだから」

「百個も? あんた一人で? 大丈夫なの?」

「もちろんよ。せっかく江戸まで行ってお菓子を習ったんだもの。ちゃんと出来るところをみんなに見せたい」

本当のことを言えば、きんとんを最初から一人でつくったことはない。しかも百個である。

材料だって、相当な量だ。

きんとん生地に使う山芋が六百四十匁《もんめ》(二千四百グラム)。砂糖が三百二十匁(千二百グラム）。白こしあんが二百六十匁（九百七十五グラム）。

中あん用の白こしあんが四百匁（千五百グラム）。

そうすると、白こしあんは合わせて六百六十匁（二千四百七十五グラム）必要で、それをつくるためには豆と砂糖がそれぞれ二百七十匁（千十二・五グラム）いる。

そのお金はおとうちゃんが出してくれた。

失敗するわけにはいかない。

もし、上手に出来たら、みんなも小萩の本気を認めてくれるに違いない。

時太郎も呼んで三人で菓子を食べていると、父の幸吉が顔をのぞかせた。

「なんだよ、お前たちだけでうまそうなものを食ってるじゃないか。俺にも食わせろ」

幸吉はろくに見もしないで一口で食べて、うまいと言った。

「もっと、よく味わってよ」

小萩は口をとがらせた。

「大丈夫だ。のどで味わってる。すごくやわらかい。なめらかだ」

「ほんとに分かって言ってる？」

「当たり前だ。お前は、おとうちゃんの言葉が信じられないのか」

「そうじゃないけどさ」

小萩はおとうちゃん子だ。お互いポンポンと言い合う。もちろんお鶴も時太郎もおとうちゃんのことが好きだから、仲良し家族なのだ。

幸吉はふいに手を止めると、小萩とお鶴の顔をしみじみと眺めた。

「お前たち二人とも、いなくなっちまうのか。淋しいなぁ」

「私の方はまだ決まった訳じゃないから」

小萩があわてて言った。

「いや、あれはいい男だ。男らしくて気風《きっぷ》がいい。頼りになる」

でも、やっぱり、日本橋に……。

のどまで出かかっている言葉が出ない。

「心配するな。おじいちゃんとおとうちゃんで、ちゃんと見定めてやる。安心しろ」

それだけ言うと、また足早に去って行ってしまった。その後ろ姿を見送ったお鶴がたずねた。

「豆花屋さんって、どんな人だった？」

「元気のいい、大人の男の人だった」

「話しているとき、どきどきした？」

「うん」

でも、そのどきどきは好きというのとは少し違う。豪太郎があまりに強く性急に迫ってくるから、どうしていいのか分からなくなったのだ。

女は女房一人だ、だって。

そんなこと、茶見世で大きな声で言わなくてもいいじゃない。

思い出して、小萩はまたあかくなった。

お鶴は小萩の目をのぞきこんだ。

「本当は日本橋に戻りたいんでしょ。さっきお菓子を食べたとき分かった」

「だけど、そんなこと言ったら、おじいちゃんもおとうちゃんも反対するよね」

「そりゃあ、そうよ。やっと家に戻ってきて、いいお話が来ているのに、なんでまた日本橋に行くのかと言われるわよ」

やっぱりなぁ。

小萩は肩を落とした。

「だけど、それは小萩のことを思ってなんだからね。年ごろになったら嫁にいって、子供を産んでっていうのは、みんなが歩く道でしょ。もし、あんたがそれとは違う道を歩くことになったら、それは流れに逆らって歩くようなもんで、何倍も力がいるし、苦労する。おじいちゃんやおとうちゃんは、あんたに苦労をさせたくないのよ」

東野若紫《ひがしのわかむらさき》の主人に「不器用やろうが女子やろうが、関係あらへん」と言われたとき、小萩は有頂天になった。

だが、その前にひと言あった。

――もう、この道しかない、自分はほんまにこの仕事で生きていくんやと思えるんやったら……。

この道しかないということは、ほかの道は考えないということだ。

菓子職人になれるという保証はない。

小萩が江戸で修業している間に、お里もお駒も嫁に行き、お母さんになる。うかうかしていると、時太郎も嫁をもらうだろう。

小萩だけが菓子で暮らしをたてることもできず、さりとて嫁に行くあてもなく、独り身でうろうろしていたら……。

それでも淋しくないと言えるのか、後悔しないのか。

お鶴はそれを心配してくれている。

「それは、そうなんだけど……」

伊佐の顔がちらっと浮かんだ。

淡い気持ちが胸に広がった。

二

祝言はいよいよ明日になった。

小萩は菓子づくりの準備をはじめた。

きんとんをつくるためには、まず、白こしあんをつくらなくてはならない。

牡丹堂では上等な菓子のときは白小豆を使っていたが、高価すぎるので今回は白いんげんの手亡豆《てぼうまめ》にした。

小萩は朝からかまどに向かい、豆を煮た。やわらかく煮えたらざるにあげ、下に桶をおいて水をかけながら豆の粒をつぶす。ざるには豆の皮が残り、桶には水と豆の中身である呉《ご》がたまる。

これがまずひと仕事で、ざっとつぶしたぐらいでは、豆の皮の内側に呉がたくさん残っている。何度も水をかけて手の平で豆をつぶす。豆の皮がぺらぺらに薄くなって、向こうが透けそうになるくらいまで繰り返すのだ。裏ごし器も最初は目の粗いものからはじめ、次第に細かいものに変えて何度もこす。最後は細い馬の毛をみっしりとはった裏ごし器を通して、小さな豆の皮も取り除く。

その後、水をはった桶に呉を入れてかき混ぜ、呉が沈殿したら上澄みを捨てる。これを何度か繰り返してあくを抜く。

早朝からはじめて、呉が出来上がったのは夕方近くになった。ずっと冷たい水につけて仕事をしていたので、小萩の手は真っ赤になって、そのうちに感覚がなくなった。

水気をしぼって鍋に入れ、砂糖と水といっしょに火にかけてへらで煉っていく。

最初はへらも軽いが、水気が少なくなってくると、へらは重くなる。ぽかんぽかんと粘りのある大きな泡が浮かび、へらのあとが筋になった。

小萩は額に汗を浮かべながら、焦がさないよう一生懸命へらを回した。

へらを持ち上げると塊がへらについてくるようになった。

そろそろいいだろう。

鍋をかまどからおろして、金《かね》の盆に少しずつ移す。へらでひとすくいして盆にのせると、ぴんと先のとがって、しかもなめらかな山形になった。海岸の岩場のようになってしまっては水気をとばし過ぎだし、里山では水気が多過ぎる。

今回はちょうどいい。

残りもみんな盆に移すと、あんの山がたくさん並んだ。

むふふ。

出来上がったのはまだ四分の一の量だ。鍋が小さいので、同じことをあと三回繰り返す。白こしあんができたら、半量できんとん生地をつくる。それを色で染めて、そぼろにして、あん玉にのせて……。まだまだやることはいっぱいある。

昼過ぎ、鎌倉の呉服店から花嫁衣裳が届いた。白無垢《しろむく》の上に、黒、黄、赤の三枚の打掛《うちかけ》を重ねる。打掛を三枚重ねるのは、近頃の江戸の流行《はや》りだそうだ。このあたりでは二枚が普通。簡単に一枚という家も多い。

だが、かわいい孫娘。しかも、名主の家に嫁ぐのである。精一杯のことをしてやりたいと、おじいちゃんが張り切って簞笥《たんす》の奥から内緒のお金を出してきた。

お鶴に、おばあちゃん、おかあちゃん、小萩が集まって、さっそく荷をほどいた。中を確かめていたら、呉服屋の手代《てだい》が遠慮がちに言った。

「あのお、お荷物がもう一つ、ございます」

「えっ、こちらは頼んでいませんよ」

母のお時が言った。

「いえ、豆花屋様からのお届け品です。小萩様にどうぞとおっしゃっていました」

「あれ、まぁ」

おばあちゃんが驚いたような声をあげた。

包みを開くと裾に向かって白から水色に変わるぼかしの地に紅色の小さな萩の花を散らした着物が出て来た。やわらかな絹の上等の着物である。

文が入っていた。

——急なことでしたので、呉服屋にあるもので見立てさせました。豪太郎

「気の早い人だねぇ。こっちはまだ、何にも言ってないのに」

おばあちゃんがつぶやいた。

「あんた、これ、どうするの?」

お時が小萩の顔を見た。

一度でも袖を通したら、嫁入りが決まったことになる。

「ありがたいことだけれど、あんまり急なことで……。もう少し、考えさせてくださいってお返事してください」

小萩は小さな声で答えた。

お鶴の花嫁衣裳は衣桁《いこう》にかけて座敷においた。脇には嫁入り道具の簞笥と長持ちも並んでいる。簞笥の引き出しはお客さんが中を見られるように少し開けてある。

さっそく近所の人たちがかわるがわるやって来た。

「たいした衣裳だ」

「お鶴ちゃんは器量よしだから、花嫁衣裳が映えるだろうね」

「淋しくなっちゃうねぇ」

口々に言う。

「小萩ちゃんも、もうすぐなんだってね。続くと大変だねぇ」

そんなことを言った人もいる。

このあたりは軒が傾くというほど派手ではないが、嫁入りとなればそれなりにかかりはする。

近所の人の挨拶はおばあちゃんとおかあちゃんに任せて、小萩は台所に戻った。

白こしあんの続きにとりかかる。

おねぇちゃんの祝言にきんとんを百個もつくったと言ったら、牡丹堂の人たちはどんな顔をするだろう。

「教えてもらった通りにつくっています。うまくいきそうです」

心の中で親方の徹次に報告する。

「最初はあん玉も満足につくれなかったのになぁ」

そんな風に言われるかもしれない。

仕事場にみんな集まって大福を包む様子が思い出された。

おかみのお福の小さくてふっくらとした手が器用に動いて、あんを丸める。親方の徹次の大きな手の平の上で白い餅がくるりと回ったと思うと、もう大福の形になっている。

小萩はその様子に圧倒された。なんとかみんなと歩調を合わせることができるようになるまで、半年近くかかった。

「見てくださいね。小萩もちゃんとやっています」

心の中でそっとつぶやく。

出来上がったきんとんを、みんなに見せたい。

小萩の心にまっさきに浮かんだのは伊佐の顔だった。

口数が少なくて、どちらかといえばぶっきらぼうだけれど、本当はとてもやさしい。

伊佐は今、何をしているのだろうか。胸の奥が温かくなった。

井戸端で洗い物をしていた。気づくと、垣根の向こうにお駒のおばあちゃんが立っている。しわの多い手で手招きしていた。

「おばあちゃんを呼びましょうか？」

「ううん。そうじゃなくてさ。あんたに話があったから」

「はぁ」

なんだか嫌な予感がする。

「お駒から聞いたんだけどさ、あんた、また日本橋に行こうかと思っているんだって？」

その話か。

「いえ、別にそういうつもりでもないんですけど」

小萩は慎重に言葉を選んで返した。

「悪いことは言わないから止《や》めておきなさい」

お駒のおばあちゃんは厳《おごそ》かな調子で言った。

「あんたが日本橋に行くって聞いた時、あんたのおかあさんは大丈夫、一年で帰って来るからって言っていた。それを聞いて、本当かな。戻っても、腰が落ち着かないんじゃないのかなって心配してたんだよ。やっぱり思った通りになった」

なんでもお見通し。そう顔に書いてある。

「はぁ」

「血は争えないよね。お時さんは、あれだったからさ」

お駒のおばあちゃんは声をひそめた。細い目が意地悪な光を放っている。

「あれって、なんですか？」

小萩は踏み込んだ。

「だから、ほら、三味線《しゃみせん》の……」

「おばあちゃん、小萩ちゃんに何を話しているの」

お駒のおかあさんが小走りに近づいてきて、おばあちゃんの手をひいた。

「ごめんね。おばあちゃんは余計なことばっかりしゃべるから。気にしないでね」

まだ、何か言いたそうな顔をしているおばあちゃんの手をひいて行ってしまった。

小萩は井戸端に残された。

三味線って何？　なんのこと？

お駒のおばあちゃんは、さっきも妙なことを言った。

悪い道。

どういう意味だろう。

お時は戸塚《とつか》の生まれで、十歳の時に二親《ふたおや》を亡くした。大船《おおふな》の漬物屋に奉公に出て、小萩の年にはまた戸塚に戻って居酒屋で働いていた。そこで父の幸吉と出会った。幸吉はその頃、糸や布を買い付ける仕事をしていて江戸と鎌倉を行き来していたのだ。

嫁としては認められないと幸吉の親祖父母が渋ったので、ならば親と縁を切る、家を出ると幸吉が言い出して大騒ぎになり、最後はおじいちゃんも折れて一緒になった。

小萩が知っている話のどこにも、三味線は出てこない。

それとも、おかあちゃんには小萩の知らないひみつがあるのだろうか。

小萩の胸はざわざわした。

ずいぶんたってお駒とお里が台所にやって来た。

「お鶴ちゃんの花嫁衣裳、見てきたわよ。素敵だったわぁ」

お里がうっとりとした様子で言った。

「鶴と亀に御所車。染の上に刺繍を重ねてあるんでしょう。お鶴ちゃん、似合うよねぇ。朝吉さんもきれいな顔立ちしているものね、お雛《ひな》様みたいな二人になるね」

お駒も続く。

「うん、そうね」

小萩は二人の方を見ないまま、生返事をした。

鍋の中の白こしあんは最後の山場を迎えている。一瞬も気を抜けない大事なところだ。

「忙しそうね。なんか、手伝おうか」

お駒が言う。

気持ちはありがたいが、今は返事をする間がない。

「うん。いいの、いいの」

口だけで返事をして、目は鍋の面を見つめ、手にかかる重さをはかる。

そろそろか。まだ、まだ、もう少し。あと、少しだけ水分をとばそう。

よし、ここだ。

鍋を火からおろし、ぐいっとへらですくって金の盆に移す。

きれいな山形が出来た。

ちょうどいい。

この調子だ。

ぐずぐずしていたら、どんどん火が入ってしまうから、ここは一気にすませなくてはならない。

夢中になってへらですくって盆に移す。盆に白いあんの山が並ぶ。

ぺた、ぺた、ぺた。

台所にあんの音だけが響く。

甘くてやさしい豆の香り。生成り木綿のような自然の色合い。最初はぴんとはっていた白こしあんだが、粗熱がとれるに従ってわずかに輪郭がくずれる。

自分でも驚くくらい上手に出来た。これをこのまま牡丹堂のみんなに見せたいようだ。

夢中になってへらを動かしていたら、突然、お駒の声がした。

「そんなに、なんでもかんでも、一人で頑張らなくてもいいと思うけどな」

振り向くと、お駒が目を三角にして仁王立ちをしていた。その脇でお里が心配そうにこちらを見つめている。

「さっきから、何よ。こっちは親切に手伝うって言っているのに、いいよ、いいよなんてさ。もう、私たちは関係ないわけ？」

お駒が頭に響くようなキンキンした声を出した。

「そうじゃないけど、ちょうど今、手が離せないところだったから」

鍋の中にはまだ三分の一ほどの白こしあんが残っている。お駒が怒っているのは分かっているが、手を止めるわけにはいかない。背を向けて仕事にかかる。

「なによ。逃げる気？」

「逃げてなんかないよ。大事なところなの。少し黙っていて」

小萩の声がとんがった。

「お駒ちゃん、小萩ちゃんは今、手が離せないんだよ。もう少し落ち着いてから、話そう」

お駒をお里がとりなしている。小萩は無視してあんを移した。

「ごめん、ごめん。それで、なんだっけ？」

ようやく盆に全部のあんを移し終えて、二人の方に向き直った。

「もう、いい」

お駒がすぱりと断ち切るように言った。

「だからさっきはごめんね。今なら大丈夫。ちゃんと聞くから」

「あのね、私たちね」

言いかけたお里の言葉をお駒は制した。

「小萩ちゃんはさ、もう、この村が嫌いになっちゃったんだよね。本当は、もう、ここにいたくないんだよね」

お駒の顔は真っ赤だ。

「なんで、そんなこと、急に言い出すのよ」

小萩は少しあわてた。声に力が入らなかった。

「嘘。いつも早く江戸に戻りたいなぁって顔をしているもん。あたしたちの話も馬鹿にした顔して聞いている」

「違うよ。そんなこと、ない」

小萩はあわてて否定した。

「そうよ。お駒ちゃん、それは言い過ぎよ。小萩ちゃんごめんね。お駒ちゃんも考え過ぎなのよ」

その通りだ。お駒のことも、お里のことも大好きだ。

「違わない」

お駒が叫んだ。いらだったように地面を踏んでいる。

「隠したってだめ。分かっているんだから」

「ごめん。そうじゃなくて。今、ちょうど……」

「そりゃあ、日本橋は面白かったでしょ。色んなことがあったと思う。でも、あたしたちには関係ない。この村でこれからも暮らすんだから、外のことなんか知らなくていい。それで十分」

「そんなに怒らないでよ。私が悪かったら謝るから」

「悪かったら謝る？　じゃあ、全然悪いと思っていないんだ。今日だけのことじゃないんだよ。帰ったときから、もうずっとよ。江戸に行ってから小萩ちゃんは変わった。あたしたちを見下している。あたしとあんたたちとは違うのよって心の中で思っている」

お駒の言葉がぐさりと心に突き刺さった。

「気がつかないと思っていたでしょう？　でも、私もお里ちゃんも分かっていたんだよ。だけど、気づかないふりをしていた。だって、そうしなかったら自分たちがみじめだもの。なにさ。ちょっと江戸に行ったぐらいで偉そうな顔をしないで。自分は特別だなんて思わないで」

言い返したかった。だが、言葉が見つからなかった。

話題といえばつき合っている相手のこと、お鶴の嫁入り支度のことばかりだと、退屈に思っていたのは本当だ。自分には菓子づくりがあるけれど、二人にはない。そんな風に考えたこともある。

黙ってしまった小萩をお里が心配そうに眺めている。

「おばあちゃんが言ってた。小萩ちゃんにはお時さんの血が流れているからしょうがないって」

言いかけたお駒の口をお里があわててふさいだ。

「お駒ちゃん、それは言っちゃだめよ」

「なんのこと？　言っちゃだめってどういうこと？」

小萩がたずねると、お駒の目が意地悪く光り、お里は目を伏せた。お駒のおばあちゃんの言葉が頭の端に浮かんだ。

「三味線の話？」

「そう」

お駒はあごをひいて、小萩をにらんだ。

「どういうこと？　聞かせてよ」

小萩はお腹に力を入れてお駒をにらみつけた。

「あのさ。あんたのおかあちゃんが昔、大船にいたのは知っている？」

「子供の頃の話でしょ。大船の漬物屋で奉公していた」

「違うわよ。もっと大人になってから。お時さんは大船の宿屋のお座敷で三味線を弾いてたの。酔っ払ったお客を相手に」

知らない話だ。

「そりゃそうよ。そんなこと子供に言えないもの。ああいう宿の女の人は三味線や踊りは建前で、本当の商売があるのよ。分かるでしょ」

宿場町の宿には男たちの相手をする女がいるそうだ。お時がそんな商売をしていたというのか。

小萩の頭がかっと熱くなった。

「嘘よ。おかあちゃんはそんな人じゃない。そんなことをするはずがない」

小萩は叫んだ。

「お駒ちゃん、もう、やめて」

お里が泣き出した。

「じゃあ、なんで三味線を弾いてたこと、みんなに黙っているのよ。おばさんが嫁に来るのは小萩ちゃんのおじいちゃんもおばあちゃんも大反対だったんでしょ。それは、そういう商売をしていたからじゃないの」

「そんなの嘘よ。お駒ちゃん、ひどい。友達だって言っていいことと悪いことがある」

叫んだ小萩の舌がもつれた。

「お願い。もう、二人とも。やめて」

お里はすすり泣いている。

「人の口に戸は立てられない。いくらひみつにしたっていつかはばれるのよ」

お駒は勝ち誇ったように言った。

「おばあちゃんが言っていた。あの人はそういう風に生きて来たから、こんな田舎《いなか》の村は退屈でしょうがない。それで娘にその血が出た。江戸に行きたいなんて言い出したらふつうの親なら反対するのに、逆におじいさんやおばあさんを説得して日本橋まで行かせてやった」

「違う。そうじゃなくて」

日本橋に行ったのは、おかあちゃんの遠い親戚があったからだ。おかあちゃんだけじゃなくて、おとうちゃんも応援してくれて行けることになったのだ。

そう言いたかったが、言葉にならなかった。

お駒はそんな風に小萩やお時のことを思っていたのか。

ずっと仲良しで、これからもそうだと思っていたのに。

のどの奥が辛くなって涙が出て来た。

「知らないのは、あんただけだよ。村の人たちはみんなそのことを知っているんだから」

家の奥から大きな足音がして幸吉が姿を現した。

仁王立ちになって怒鳴った。

「誰がそんなことを言っている。もう一遍言ってみろ。娘だって容赦はしないからな。芸を売るから芸者なんだ。唄も唄えない、踊りもできない飯盛り女と一緒にするな。お時は深川《ふかがわ》で修業して、大船では頼まれて三味線を弾いていたんだ」

いつも穏やかな幸吉が人が変わったように怒ったので、お駒は震えあがった。お里も泣くのをやめて、ぽかんと幸吉を見つめている。

「今すぐ出て行け。この家に二度と来るな。それで帰って、お前のもうろくばあさんに言ってやれ。知りもしないのに、嘘八百を孫娘に吹き込むな」

幸吉が太い腕をふりまわしたので、お駒はこそこそと逃げるように、お里は幸吉や小萩にすまなそうに頭を下げて出て行った。小萩は台所の隅で小さくなっていた。

幸吉はひしゃくで水を一杯飲むと、大きく息を吐いた。

「まったく。これだから、田舎もんは嫌なんだ」

小萩はおずおずとたずねた。

「おかあちゃんのこと、嘘だよね？」

「もちろんだ」

幸吉はきっぱりと言った。框《かまち》に腰をおろし、小萩を呼んだ。

「ちゃんと話をしなかったのも悪かったな。これから本当の話をするから、よく聞きなさい」

幸吉の体からさっきの激しい怒りは消えて、穏やかな様子になっている。小萩は幸吉の隣に座った。幸吉は遠くを見る目になった。

「お前も知っているように、おかあちゃんは戸塚の生まれだ。家は貧しくておとうさんは野菜の行商、おかあさんはお針の内職でようやく暮らしをたてていた。三つ年下の弟がいた」

お時が五歳の頃、近くに三味線のお師匠さんが引っ越して来た。朝となく、昼となく、三味線の稽古をする音が聞こえてくる。

お時はその音色に魅《み》せられた。

お師匠さんの家の前に座って、飽きずに聞いていた。いつの間にか稽古する曲はみんな覚えてしまって、口三味線で唄えるようになっていた。

「お師匠さんが、そんなに三味線が好きなら稽古をしてみたらどうかって言ったんだ。昔から芸は身を助けるっていうだろう。三味線を貸してくれた。熱心に稽古したからすぐにうまくなった。筋がいいから本格的に修業した方がいいって言われて、十《とお》の時、家族と離れて深川に行った。そこで三味線の師匠の内弟子になった」

深川の師匠は千代吉《ちよきち》という名前の辰巳《たつみ》芸者だった。

「五指《ごし》に入るといわれた三味線の名手だった。辰巳芸者というのは知っているかい？」

辰巳芸者は深川あたりの芸者のことで、深川は江戸の中心から辰巳の方角なのでそう呼ばれた。薄化粧で地味な着物、足袋《たび》ははかず、年中素足で、男のように羽織を着ている。気風の良さが売り物で、芸は売っても色は売らないという誇りを持っている。

千代吉の三味線の稽古は厳しかったが、お時はめきめき腕をあげた。十五の年には、千代吉といっしょにお座敷で三味線を弾くようになった。

千代吉はお時を自分の後継者にするつもりだったらしい。踊りも唄も習わせたが、それはすべて三味線のため。三味線の技を徹底的に仕込んだ。

「深川のお不動さんのお祭りとか、正月とか、物日《ものび》のときはご祝儀もはずまれる。お客さんは深く抜いた衣文《えもん》の首筋に祝儀袋を入れてくれるんだってさ。帰りには襟が重くなって、家に戻って着物を脱ぐと、バラバラと音をたてて祝儀袋が落ちたそうだよ」

千代吉には自分のために貯めておけといわれたが、お時はその金を家に送った。

野菜の行商でひと月働いても手にできない金が一晩で入る。

お時が十七の年、両親と弟は深川に越して来た。家族はお時の稼ぎで暮らすようになった。

「それが悪かったんだな。弟は遊びを覚え、博打で負けて大きな借金をつくった。おかあちゃんはその借金を働いて返した。そんなことが繰り返され、千代吉さんにもずいぶん迷惑をかけた」

二十二の年、お時の父親が死んだ。酒に酔って堀に落ちた。ずいぶん前から深酒をするようになっていたのだ。

母は言った。

「もういいよ。あんたは十分やってくれた。これからは私たちのことはかまわないで、好きに生きておくれ」

それで、親子姉弟の縁を切ることにした。深川にいたら弟が頼ってくるのが分かっていたから、千代吉の元を出て大船に行き、漬物屋で働いた。

「三味線は止めてしまったの？」

「いや、一人で稽古を続けるつもりでいた。三味線の上手な女がいると評判になって、お座敷に呼ばれるようになった。そのうちにお座敷の方が忙しくなって、とうとう漬物屋を辞めてしまった。その頃、おとうちゃんはおかあちゃんに会ったんだ。かっこよかったよ。今と同じように丸い顔で太りじしだけど、目に力があるんだ。軽口なんか叩いたら、叱られそうだった。男嫌いで通していたね」

「おかあちゃんがお座敷に出ている様子が思い浮かばない」

小萩は首を傾げた。小萩によく似た丸い顔に丸い鼻。着付けも立ち居振る舞いも洗練されているとはいいがたい。辰巳芸者と聞いて思い浮かべる様子とはだいぶ違う。

「ばかだなぁ。おかあちゃんだって、その気になれば粋《いき》な着こなしができるんだ。だけど、やらない。そういう世界から抜けたんだ」

幸吉は小さくうなずいた。

「お座敷で三味線を持った時のおかあちゃんを見せたかったよ。冷たいのに熱い火の玉みたいだ。指が生き物のように動いて、ばちが跳ねるんだ。胸の奥に刺さるみたいなすごい音が出た。そういう時のおかあちゃんは本当にきれいだった。俺は夢中になった。三味線を持たない時のおかあちゃんは、元気がよくてやさしくて、強い。こういう人と一緒になりたいと思った」

まず、おじいちゃんが反対した。

「芸者なんて酒の席で面白おかしく騒ぐ者だぐらいに思っていたんだ。そんなもんじゃないよ。騒ぐのはお客だけだ。楽しくさせるために汗をかくのが芸者だ。それにおかあちゃんはお客さんの相手をしない。三味線を弾くだけだ」

幸吉は言葉を尽くして説得し、それでも分かってもらえないなら家を出るとまで言った。

一緒になってからも近所の人たちは心無い噂をした。

「だから、おかあちゃんはあんなに好きだった三味線を捨てた。化粧も言葉遣いもなにもかも改めた。そうやって、この村になじんだ。やがて、おかあちゃんの悪口を言う奴はいなくなった。いまだに意地の悪いことを言うのは、あのばあさんだけだ」

幸吉は心底悔しそうな顔をした。

「芝居小屋がかかったりして観に行くだろ。おかあちゃんは台詞《せりふ》なんか聞いてないんだ。ずっと三味線の音だけを追っている。上手な人の時はうれしそうに笑っているし、へたくそだといらだつ。そんな時、ああ、こいつの胸の中では今でも三味線の音色が響いているんだなぁって思うんだ。申し訳ないことをした。俺がもっとちゃんとしていたら、三味線を捨てたりしなくて済んだのにさ」

お時は幸吉のために、自分の一番大事なものを手放した。

「三味線を捨てて後悔していないかって聞いたことがある。そしたら、もっと大事な物を見つけたからいいんだって言われた。大事な物っていうのは、お鶴や小萩や時太郎、お前たちのことだよ」

何かを手に入れるために、何かを捨てなくてはならないことがある。お時はすっぱりとあきらめた。そういう女《ひと》だ。

「だから、おかあちゃんは私が菓子を習いたいって言った時、応援してくれたのね」

「そうだよ。おかあちゃんは何かに憧れることを知っている。それがどんなに強くて、まっすぐな思いなのか分かっているんだ。小萩が菓子を習いたいって言い出した時、やっぱりおかあちゃんの子だと思った。うれしかったよ」

小萩はつま先で土間をなぞった。

ころころと太って陽気なお時に、そんな昔があったのか。

けれど、ふとした折節にほかの母親にはない肝の太さを感じることがある。牡丹堂のおかみのお福に通じる強さだ。

お時は人の何倍も努力して、苦労して、そして自分の力で幸せになった。

私はそんなおかあちゃんの子だ。

――口に出して言ってごらん。そうでないと、何も始まらないよ。

お時の声が聞こえたような気がした。

小萩は勇気を振り絞って言った。

「おとうちゃん、私、やっぱりまたもう一度日本橋に行きたい。牡丹堂で働きたい」

幸吉は黙った。

「俺は反対だな」

やっぱり。小萩はうつむいた。

「そう言われて諦めるくらいだったら、やめておけ」

三

お鶴の祝言の朝、小萩は米をとぐ音で目を覚ました。まだ、外は暗い。

台所に行くと、お時がもち米をといでいた。

「餅をまくから、その用意をしているんだよ」

昔からこのあたりでは嫁入りの日、餅をまく習慣がある。空が明るくなるころ、庭には臼《うす》が持ち出され、近所の男衆がやって来た。幸吉や時太郎も加わって餅つきが始まった。

表でにぎやかな声がする。

「よいしょ。よいしょ」

あれは、おじいちゃんの声だ。若い娘の笑い声も響いてきた。近所の娘たちに違いない。

お里とお駒はどうだろう。来ているのだろうか？

もし来ていたとしても、小萩は会いたくない。

小萩は黙々と山芋の皮をむき、蒸籠《せいろ》に並べた。

蒸籠から白い湯気があがってきたので、蓋《ふた》をとると山芋の白い肌が露をふくんだように
みずみずしく光っている。

手を触れるのも躊躇《ちゅうちょ》するほど熱いが、冷めると固くなるので今のうちに裏ごさなくてはならない。それがすんだら鍋に移し、砂糖も加えて火にかけてへらで混ぜる。砂糖が溶けてなめらかな状態になったら、いったん冷まし、もう一度裏ごす。最後に白こしあんを加えて混ぜる。

そんな風にあれやこれや手順を経て、やっときんとんの生地になる。牡丹堂では職人が何人もいるし、道具も専用の大きなものがあるからいいが、ここでは何回かに分けて、小萩一人で行わなくてはならない。

しかも、それで終わりではない。

ここまでは下ごしらえの段階で、いよいよこの先が本番になる。

桃色と若草色に染めてから裏ごしにかけ、細い糸状にこし出す。それをあん玉につけていく。

食べれば一瞬のものなのに、何と手間のかかっていることか。

餅まきが始まったのだろう。庭の方から歓声が聞こえてきた。

小萩の仕事も予定通り進んでいる。

山芋はすべて蒸しあがり、裏ごしもすんだ。白こしあんも混ぜてきんとん生地を仕上げた。出来上がった生地は大鍋に入れ、脇の台にのせてある。古い台は少し脚がぐらぐらしているが、いつも使っているものだから気にしなかった。

出来ましたよ。

一人でにんまりとする。さすがに腰が痛い。足も重い。

上がり框に腰かけて一休みしていると、ガラリと戸が開いて時太郎が入ってきた。今日はきれいに髪をとかし、よそいきの袴《はかま》をつけて惣領息子らしい姿だ。

「小萩姉《ねえ》、餅まきには来ないのか？」

「それどころじゃないのよ。忙しい」

「おかあちゃんが、餅でも食べて一休みしなってさ。おいしいよ」

手にした皿の上にはあんころ餅が五つ、六つ。

「あんた、その袴、少し大きくない？　引きずってるよ」

「これ、おとうちゃんが昔はいてたものだって。おばあちゃんが、どうせすぐ背が伸びるからって、そのままにしたんだ。だけどこの袴、なんか、足のところがごそごそして歩きにくいな」

「上等な生地だから、固くて重たいのよ」

時太郎は大人の雪駄《せった》を履いていた。雪駄の鼻緒は時太郎にはゆるく、足の指にひっかけるようにしてずるずる歩く。

転びそうで危なっかしいなぁ、と小萩は頭の隅で思った。

「じゃあ、お餅もらうから」

手を伸ばした。

時太郎が一歩踏み出す。

雪駄が足から離れ、時太郎はたたらを踏んだ。その拍子に袴の裾が足にからむ。

あっと思った瞬間、時太郎がつんのめった。小萩にぶつかる。二人はもつれあったまま
倒れて転がり、小萩の足が何かを蹴った。

えっ？　あれ、なんだ？

小萩は土間に横になったまま、頭をめぐらせて振り返る。

その時、大鍋をのせた台がゆっくりと傾くのが見えた。

大鍋は氷の上をすべるように台の上を移動して、床に落下した。はずみで蓋がとび、中のきんとん生地が四方八方に飛び散った。

小萩が時間をかけて裏ごして、白こしあんを混ぜた、まっしろな、上等の、大事なきんとん生地はぐしゃっと音をたてて土間に落ちた。

それを小萩はただ見ていた。

手を伸ばして受け止めることさえ出来なかった。

悲鳴をあげたのは、時太郎のほうだ。

「何があった」

お時が駆け込んできた。幸吉も、おじいちゃんも、おばあちゃんも、男衆もやって来た。

小萩は土間に座り込んだまま、泥まみれになったきんとん生地を呆然としてながめていた。


「しっかりしな。まだ、あんこはあるんだろ」

お時の声で小萩は我にかえった。

あんはある。だが、それはあん玉に使う分で、きんとん生地に使う分ではない。今から豆を炊いてこしあんをつくるのでは間に合わない。

「いいよ、いいよ。伊勢屋《いせや》に頼もう。紅白饅頭《まんじゅう》ならなんとか用意してくれるだろう」

おじいちゃんが言った。

「それは、だめ。それは、困る。おねぇちゃんにつくるって約束したんだから」

小萩は思わず、叫んだ。

「じゃあ、どうするつもりなんだい？　なんか知恵があるのかい？」

おばあちゃんがたずねた。

小萩はうつむいた。

どうしよう。何が出来るだろう。

「おねぇちゃん、ごめんね。おいらのせいだ」

時太郎がべそをかいた。泣きたいのは小萩の方だ。

困り果てていたら声がした。

「ねぇ、もう一度、つくってよ。私は小萩のお菓子を食べたいもの」

顔をあげると、髪結いの途中で、長い髪をまだ半分肩にかけたお鶴がにこにこ笑顔で立っている。

「数がそろわなくてもいいじゃないか。小さくたっていいよ。気持ちなんだからさ。あんたが今、出来る限りのことをすれば、それで十分。気持ちが伝わればいいんだよ」

お時が言った。

「そうね。それでいいよね」

小萩は立ち上がった。

それから今から出来そうなお菓子を考えた。

あんこを染めて丸いお団子にしたら、どうだろう。色とりどりにしたら、きれいかもしれない。

お時がお餅がまだ残っていると言っていた。

それなら、中にお餅を入れておはぎのようになるかもしれない。

あれこれと算段していると台所の戸をたたく者がいる。開けると、お里とお駒がいた。お里は山芋の入ったかごを、お駒は砂糖壺を抱いている。

「話は聞いたわ。少しだけど、家にあった山芋とお砂糖を持って来た」

お里が言った。

「昨日は本当にごめんなさい。あんなことほんとは信じてたわけじゃないのよ。家でおかあちゃんにも叱られた。おじさんとおばさんにはさっき謝った。許してもらえないかもしれないけど、小萩ちゃんのことは大好きだし、これからも友達でいてほしい」

お駒が頭を下げた。泣きそうな目をしていた。

「この人もね、本気で言ったんじゃないのよ。それは分かってね。おばさんももういいからって言ってくれたのよ」

お里が口添えする。それで小萩の憤りが消えた。

お駒は小萩の態度にずっともやもやしていて、それがあんな言葉になったのだ。

「私も悪かったから。気にしないで。もういいよ。忘れよう。それで、また前みたいに三人で遊ぼう」

小萩は言った。

「お芋と砂糖、受け取ってくれる？」

お里がたずねた。

「ありがとう。うれしい」

「少なくてごめんね」

お駒が言う。

「ううん。助かる。これぐらいあれば、きんとんがつくれるかもしれない」

「本当？　大丈夫？」

二人の顔がぱっと輝いた。

もちろん足りない。でも、二人の気持ちがうれしかった。

中あんにするつもりだった白こしあんの半分をきんとん生地に回せば、五十個ぐらい出来そうな気がする。

小萩はお駒とお里の手を借りて、きんとん生地をつくりなおした。

山芋の皮をむいて蒸籠で蒸し、裏ごしをかけて、砂糖を加えてまた裏ごしして……。二人は蒸した山芋が熱いといって騒ぎ、裏ごしが大変といってまた声をあげた。

「この仕事を小萩一人で朝からやっていたの？　大変だったわねぇ」

そういうお里の額には汗が浮かんでいる。お駒も必死な顔になっている。

「でも、きれいな色をつける時は楽しいのよ」

きんとん生地が出来上がったので、色粉で桃色と若草色に染めた。

「色粉はほんのちょっとでいいんだからね」と何度も念を押したのに、お里は真っ赤に染めてしまった。お駒の緑も松の緑のような濃い色である。

あん玉を丸めるのも一苦労。

大きかったり、小さかったり、いびつになったり。

最後の仕上げはそぼろこしでそぼろにして、あん玉にまとわせる。

もう何度も裏ごしをかけたのに、また、同じような作業である。

お里とお駒は「またぁ」という顔になった。

「もう、ほんとにこれが最後。一番面白くて、楽しいところなんだから」

二人は渋々取りかかったが、生地が赤や緑の細い糸状になって出てくるのはきれいだし、それを箸であん玉にのせると菓子の姿になる。二人はすぐに引き込まれた。

「楽しいね。こうやって三人いっしょにだと。なんだか子供の頃に戻ったみたい」

お里がぽつりと言った。

「そうだねぇ。いつまでも、こんな風に三人仲良くしていられたらいいね」

お駒がしみじみとした調子で言った。

でも、変わってしまうんだ、きっと。

小萩は思った。

今年か来年、お里とお駒は嫁に行くだろう。来年の今頃、二人は家のことが一番大事になって、こまごましたあれこれに頭を悩ませているかもしれない。

その頃、小萩は何をしているのだろう。

日本橋で菓子をつくっているだろうか。

それとも、全然違う道を選んでいるだろうか。

今は分からない。

けれど、季節は移ろう。

三人でこんな風に笑ったり、喧嘩したりできるのも、今この時だけかもしれない。

「ずっと仲良しでいようね」

小萩は言った。

「もちろんよ」お里が言った。

「孫が出来て、背中が曲がって、おばあさんになってもよ」

小萩はもう一度言った。

「当たり前じゃない」

お駒が言った。

本当は二人も分かっているのだ。たった一年、小萩が日本橋に行っただけで、三人の気持ちは揺らいだ。

本当に今だけなのだ。

そう思ったら、急に切なくなって小萩はお駒とお里をぎゅっと抱きしめた。

出来上がったきんとんは大きさも色も形もばらばらになった。そぼろがたっぷりついて風に草がなびいているような姿もあれば、台風の後の稲のように倒れているのもある。淡い桃色があり、真っ赤があり、緑もそれぞれ。どれ一つとして同じものがない。

「小萩ちゃんのつくったのは、きれい。すぐ分かる」

二人は褒めてくれたが、徹次や伊佐がつくった物とはくらべものにならない。やはり素人《しろうと》の作だ。

でも、これはこれでいい。楽しい。

どうして、ひとりで全部やりとげると思い込んでいたのだろう。そういう意固地《いこじ》な気持ちが二人をいらだたせて、淋しくさせていたに違いない。二人もお鶴のために、小萩といっしょにお菓子をつくりたいと思ってくれていたに違いない。

数えてみたら、出来た数は五十三個だった。

最初の予定の半分になってしまった。

五十個を祝言に、ひとつを小萩とお里、お駒で分け、残った二つはおとうちゃんたちで分けてもらうことにした。

小さなきんとんを三つに割ったら、ほんの一口分にしかならない。それを大切に食べた。おいしかった。

今まで食べたどんなお菓子よりも甘くて、切ない味がした。

それから、重箱に詰めて、三人で名主の家に届けに行った。

名主の家は小萩の家から歩いてすぐで、子供の頃から何度も遊びに行っている。勝手口からのぞくと、近所の女たちがたくさん手伝いに来ていて、みんな忙しそうにしていた。

朝吉の母親が出て来た。

「三人でつくった祝いのお菓子です。みなさんで楽しんでください」

菓子を手渡すと、「かわいらしいお菓子だねぇ。甘い物好きも多いからちょうど良かった。ありがとうねぇ」と喜んだ。

家に戻ると、お鶴の支度はできていた。白粉《おしろい》に紅をほどこしたお鶴はすっかり大人びて、別の人のように見えた。

「お菓子、今、届けてきた」

「間に合ってよかったわね。私もさっき見せてもらった。すごいきれいでびっくりした。どうしても食べたかったから、時太郎と半分こしたのよ」

「嘘、嘘。見本でつくったときの方がずっとよかったでしょ」

小萩は口をとがらせた。

「あれはあれ。これは仲良し三人の合作だもの。友情の味がしたよ。ありがとうね、うれしかった」

細い声だった。お鶴の目がうるんでいる。

姉はもうこの家の人でなくなるのだ。

そのことが、急に実感となって胸に迫った。

お鶴は小萩の顔をじっと見つめた。

「これから小萩はどうするの？　やっぱり江戸に行く？」

小萩は返事に困ってうつむいた。

「私は朝吉さんのお嫁さんになるんだって子供の頃に決めて、ずっとその気持ちを持ち続けて来た。だから、そのほかの生き方があるなんて考えたことなかった。でも、小萩がさっき出来上がった生地を土間に落として、泣きそうになっているのを見た時、思った。あんたの相手はお菓子だったのかもしれないなって」

「そうなのかなぁ」

「私が朝吉さんに出会ったように、あんたはお菓子と会っちゃったのよ。いいじゃない。好きなものがあるって幸せなことでしょ」

お鶴は小さく微笑《ほほえ》んだ。


日暮れに仲人さんが到着して、お鶴の出立になった。

玄関には、おじいちゃんやおばあちゃん、幸吉やお時、時太郎がもう待っていた。小萩もよそ行きに着替えて時太郎の隣に並んだ。

祝言の席に実家の家族は並ばない。だから、玄関先でお鶴を仲人に引き渡して、家族の別れとなる。

「体に気をつけて、達者でね」

「お舅さん、お姑さんによく尽くすんだよ」

「時々は、おいらと遊んでおくれよ」

みんなが口々に言う。

表の通りに出て、お鶴の乗った駕籠を見送る。

名主の家は歩いてもすぐだ。けれど、今日ほど遠くに感じたことはない。

小萩は力いっぱい手を振った。

海辺の村の宴会は陽気でにぎやかだ。夕方から始まった宴は夜更けになり、朝日が昇るまで続く。

その間、小萩たちはひっそりと家で過ごすのだ。

旅籠は休みで、泊まり客はいない。おじいちゃんは気が抜けたように少しぼんやりし、おとうちゃんは時々涙ぐむ。おかあちゃんが用意した料理をおいしい、おいしいと言って食べるのは時太郎だけだ。おじいちゃんもおとうちゃんも、早々に自分の部屋に引っ込み、おばあちゃんは繕い物を始めた。

静かな、少し淋しい晩になった。

お時は台所で洗い物をしている。その後ろ姿に小萩は声をかけた。

「おかあちゃんは昔、三味線を弾いていたんだよね」

ゆっくりとお時が振り向いた。

「そうだよ。おとうちゃんに聞いたの？」

「うん。小萩の気持ちを一番よく分かっているのは、おかあちゃんだって言われた」

「そうかもしれないね」

小萩もお時と並んで洗い物を手伝った。

「三味線、止めてしまって本当に後悔していないの？」

お時は手を止めた。

「してないよ。自分で決めたことだもの。おとうちゃんに出会ったし、あんたやお鶴や時太郎が生まれたしね。それに、もういいっていうくらい、毎日弾いてきたから未練はないの」

お時は洗い物の手を止めた。

「あたしの三味線の師匠は千代吉という深川芸者だった。芸一筋の人でね、きれいな人だから言い寄る人もいただろうけど、独り身を通した。あたしはその人のお三味線の音色が好きでね、本気でやるなら、やっぱりそれぐらいの気持ちがなくちゃだめだと思っていた。中途半端な気持ちじゃ、お三味線に失礼だもの」

家族のことがあって深川を退いて大船の漬物屋で働いていた。たまたま知り合いに頼まれて三味線を弾いたら、それがきっかけで次々声がかかり、とうとう漬物屋をやめて三味線を本業にするようになってしまった。

「だけど、深川と大船じゃあ、お客も違うし、ほんとに踊れる人も少ない。生意気なようだけれど、物足りなくなってきたのさ。私は二十五になっていた。深川に戻って、もう一度本気でお三味線と向き合おう。千代吉かあさんみたいな生き方をしようと思い始めていたんだ」

その頃、幸吉に出会った。

「あったかい人だなって思った。あたしは十歳で千代吉かあさんのところに行って、それからずっと他人の家の飯を食べて来た。家にいる頃、親たちは喧嘩ばっかりしていたしね。家族っていうものがよく分からなかったんだ。おとうちゃんに会って話をして、あたしは初めて家族が欲しくなった。おとうちゃんとなら、いい家族になれそうな気がした」

「それで三味線をあきらめたんだ」

「そうだよ。両方は無理だもの。あたしは不器用だから、あっちもこっちもってことは出来ないんだ」

お時は強い眼をした。

「だけどね、これだけは言える。あたしはお三味線を止めた。二度と触れないと思う。けれど、あたしがお三味線のために費やした時間もお金も無駄じゃない。あたしの土台になっている。人は何かに一生懸命にならなくちゃだめだ。人でも物でも、芸事でもなんでもいい。それがその人を強く、豊かにする。あんたもそう思うだろ」

小萩は小さくうなずいた。お時は小萩に向き直った。

「あんた、どうしておじいちゃんやおとうちゃんに、縁談を断ってください。もう一度、日本橋に行かせてくださいってお願いしないのさ」

「そのことは昼間、おとうちゃんに言いました」

「なんて言った？」

「俺は反対だって。それで私ががっかりしたら、そう言われて諦めるくらいなら、やめておけって」

お時は声をあげて笑った。

「その通りだよ。おかあちゃんも、そう思う。なぜだか分かるかい？」

つまりは覚悟の問題なのだ。

「そうだよ。そんな中途半端な気持ちで行かれたら、みんなが迷惑する」

「うん」

小萩はここに来て、まだ言葉にする勇気が持てない。

「ここはあんたの家なんだから、いつでも戻ってくることができる。だけどね、時をさかのぼって、今年のあんたに戻ることはできないんだよ。十七歳っていうこの時は、一度きり。後になって、ああ、あの時、あんな夢があった、もう一度やり直したいって思っても遅い」

「そうだね」

やっぱりおかあちゃんは強くて正しい。

「まったく、世話が焼けるんだ」

お時の眼が笑っていた。

四

翌朝、おじいちゃんの部屋に行った。

「お願いがあります。日本橋に行かせてください。牡丹堂で働きたいんです。おねぇちゃんがお嫁に行って、今度は私が家の仕事をしなくちゃならないのに、こんなことを言うのは自分勝手で申し訳ないと思います。でも、どうしても日本橋でお菓子を習いたいんです」

おじいちゃんは細い目の奥の瞳をきろりと動かした。おばあちゃんが、あれまぁという顔をした。

「幸吉とお時を呼びなさい。この部屋に来るように」

それで、家族がみんな奥の部屋に集まった。

小萩は自分がどんなに菓子が好きか、牡丹堂でなぜ働きたいのか、一生懸命語った。

幸吉も口添えをした。

「まぁ、ものになるかどうかは分かりませんが、本人も一生懸命です。途中で投げ出さず、最後までやると言っておりますので、日本橋にもう一度、行かせてやりたいと思うんですよ」

それを聞いておじいちゃんはしばらく考えていた。やがて、ため息交じりに言った。

「娘っていうのはどんなにかわいがっても結局、嫁に出しちまうんだ。日本橋に嫁に出したと思うことにするか。宿の仕事のことは心配しなくていい。それを考えるのはわしの仕事だ」

「あれまぁ」

おばあちゃんが残念そうに言った。

「豆花屋さんのお話は断ってしまうんですか？　いいお話だったのに。小萩のことをとても気にいってくれていたのに。もったいないですねぇ」

「いいご縁をつかめるかどうかはこの子の運だ。仕方ない」

おじいちゃんが言った。幸吉がうなずく。

「この子は昔から間が悪かったものねぇ。あんなに前から準備していたお祝いの菓子も、結局、最後の最後に来てあんなことになったし」

おばあちゃんが続ける。お時と時太郎もうなずく。

「まぁ、いいじゃないか。先のことをあれこれ心配してもはじまらない。この子が自分で決めたことだ。頑張りなさい」

おじいちゃんの一言で小萩の江戸行きが決まった。


「待っているから、いつでもおいで」

お福からの文が届いたのが、五日後。

小萩はすぐに旅立つ支度をした。江戸までは幸吉がついて行くことになった。小萩のことをあれこれ心配してくれているのかと思ったら、「久しぶりの江戸だ。俺も、ちっとはいい着物で行かなくちゃな」などと言い出して、「あんた、何を考えている」とお時に怒られた。

出立の日、玄関に家族全員が並び、お里とお駒もやって来て見送ってくれた。

「まぁ、しっかりおやり」とお時が言えば、「ねぇちゃん、頑張れよ」と時太郎が続ける。

「いつ戻って来てもいいんだよ。ここは、あんたの家なんだからね」と、おばあちゃん。

「いいお菓子屋になるんだよ」「時々は、あたしたちのことも思い出してね。文を書くからね」お里とお駒は口々に言って、涙ぐむ。

ありがとうと言いながら、一人一人に挨拶をする。

鎌倉のはずれの村から日本橋まで十三里と少し。男の足なら朝出かけて夕方には到着する。小萩たちはもう少しゆっくり、神奈川か保土ケ谷《ほどがや》あたりで今日の宿をとる。

近いようで遠く。遠いようで近い。

この次はいつ帰ってくるだろうか。

「小萩、小萩」

声がして、お鶴が走って来るのが見えた。

「しっかりね。あたしがつくったの。使ってね」

さらし木綿を重ねて、麻の葉模様に縫った布巾だった。針目がきれいにそろって美しい。

「一生懸命励むのよ。浮ついた気持ちで過ごさないようにね」

しっかり者の姉らしい贈る言葉だった。

もう一度、みんなに挨拶して歩き出す。

荷物が重いのは牡丹堂のみやげの干物や茶、餅がたくさん入っているからだ。

去年、家を出た時は、憧れと不安を抱えていた。初めての日本橋。親元を離れての暮らし。まだ見ぬ、江戸の菓子。自分でもどこに向かっているのか分からなくて、ふわふわと頼りない足取りだった。

今年は少し違う。

求める先がある。一歩一歩、歩いていく。

先のことは分からないけれど。

松林の向こうの海は今日も穏やかだ。きっと、いいことが待っているだろう。

陽春

白吹雪饅頭の風雲児

一

「おとうちゃん、桜よ。桜が咲いている」

小萩は大声をあげた。

「花の季節なんだ。咲いていて当たり前だろ。桜なら鶴岡八幡宮でも、保土ヶ谷でも、品川でも見たじゃねぇか」

幸吉は不機嫌そうな声を出した。

日本橋が近づくにつれて、早く牡丹堂に着きたい、みんなの顔をみたいと心がはずむ小萩に引き換え、幸吉の表情は暗くなる。

おじいちゃんを説得して小萩を旅立たせてくれた幸吉ではあるけれど、実際に別れが近づくと淋しくなったらしい。口実をつくってはあちらこちらに寄り道をしたがる。

「困ったなぁ。みやげが足りないんじゃねぇか」

「おみやげならおかあちゃんが持たせてくれた干物とかお餅がある」

「干物なんて、お前、めずらしくもなんともないだろう。これから小萩がお世話になるんだ。も少し気の利いたものを買わねぇとな」

「そんなこと言ってたら、今日中に着けなくなる」

「いいじゃないか。そしたらどこかで一泊すれば。明日の朝だっていいんだよ。だいたいこんな汗だらけの体で行ったら、あちらさまに失礼だ」

まるで駄々っ子だ。

「今日、着きますって文を書いたから向こうじゃ、待ってるわよ」

「うーん、じゃあさ、ひとつだけ、頼まれてくれないかなぁ。おばあちゃんとおかあちゃんのみやげ。いっしょに選んでくれよ。ほら、女物はいろいろ難しいだろ」

「またぁ」

「頼むよ」

「わかったから。一軒だけよ」

ぐずぐず言う幸吉をなだめすかしてやって来た。

道の先が何やら混雑していると思ったら、日本橋北橋詰である。一日千両が動くといわれる魚河岸は、昼過ぎだというのに大変な人出だ。狭い路地を売る人、買う人が入り混じり、押し合いへし合いしている。

ここまでくれば、牡丹堂はもうすぐだ。

小萩の足は自然と速くなる。

「足がはえぇなぁ。何をそんなに急いでんだ」

幸吉はことさらゆっくりと歩く。それで、しょっちゅう人にぶつかられる。

「みんな嚙みつきそうな顔してやがらぁ」

ぶつぶつと文句を言った。

聞こえてくるのは、歯切れのいい江戸弁である。

「ってやんでぇ」というように、言葉の頭に小さい「つ」がつく。後ろの方も飲み込んでしまう。「かの字」だの「やの字」だの、やたらと符丁が多い。

その声を聞いて、小萩は江戸に帰って来た実感がわいた。

江戸っ子は江戸で生まれ育ったのが自慢で、そうでない者は田舎者と馬鹿にされる。椋《むく》鳥《どり》なんて、呼ばれることもある。群れになって飛んできて、騒ぐからだそうだ。

正確に言えば、小萩も椋鳥の仲間だが、自分ではそう思ってはいない。なにしろ、一年いたのだ。

今はもう、立派な江戸っ子（のはず）である。

だから、ここに帰って来た。

見上げる空は春の色をしている。

ここが小萩のいる場所だ。

丸の中に井桁と三の字を組み合わせた越後屋ののれんが見えてくると、二十一屋はもうすぐだ。

今頃みんなは何をしているだろう。おかみのお福はお客の相手をしているだろうか。仕事場では親方の徹次や職人の留助や伊佐があんを煉ったり、菓子を仕上げたりしているかもしれない。旦那の弥兵衛は今日も釣りか？　幹太はまじめに仕事を手伝っているだろうか。通い女中のお貞は元気だろうか。

早くみんなに会いたい気持ちと、恥ずかしいような照れくさい気持ちが混じり合って、じりじりする。

「おーい、ちょいと待ってくれよ。そんなに急ぐな。こっちは荷物があって大変なんだ」

相変わらずの幸吉である。

越後屋を通り過ぎ、浮世小路に入ると、牡丹の花を白く抜いた二十一屋ののれんが見えた。

菓子屋《くわしや》だから、九、四、八で足して二十一という洒落で、のれんにちなんで牡丹堂という人もいる。

仕事場のある裏の戸を開けると、親方の徹次と息子の幹太、職人の留助と伊佐が桜餅をつくっていた。台の上には出来上がった桜餅が並んで花が咲いたようだ。

「おぉ、来たなぁ」

徹次が大きな声で言った。

「なんだ、遅いよ。おいら朝から待ってたんだぜ」と幹太。

「また、にぎやかになるねぇ」と留助。

伊佐は片頰で笑顔を見せた。

奥から旦那の弥兵衛とおかみのお福が顔をのぞかせた。

「待っていたよ」

お福が顔をほころばせる。

「すみませんねぇ。どうしても、こいつがまたここで働きたいなんて言ってね。御厄介をかけますが、どうぞ、よろしくお願いいたします」

幸吉が頭を下げる。

「よろしくお願いします」小萩も続く。

「いやぁ、厄介なんてそんなことは全然ないですよ。小萩さんがいるとこっちは大助かりだ。第一、見世が明るくなる」

笑顔で迎えてくれた弥兵衛に促されるままに奥の座敷へと向かう。

「まだ見世が忙しい時間だからね、みんなの手があくまでもう少し暇がかかる。幸吉さん、二人で先に始めてましょうか」

弥兵衛が杯を持つまねをすると、幸吉も相好をくずす。

「ほら小萩、俺が言ったとおりだろ。おめぇがやたらと急がせるからだ。俺はちゃんと間を計っていたんだよ」

幸吉の言葉を背中で受けてお勝手に行くと、赤飯が炊かれ、煮物と和え物が出来ていた。器に盛って酒といっしょに持って行く。

さっそく弥兵衛と幸吉で酒盛りが始まった。

「おとうちゃん、まだ明るいんだから、飲《の》み過ぎたらだめだよ」

「分かってるって幸吉」

見世ではお福が川上屋の若おかみのお景としゃべっていた。

「あら。小萩ちゃん戻って来たのね」

「幸吉今さっき、着いたばっかりだよ」

お福が答える。

「うれしいわ。やっぱり日本橋はいいでしょ」

「はい。帰って来たっていう気持ちになりました」

小萩は元気よく返事をした。

お福といっしょに見世に立っていると、顔見知りのお客に何人も声をかけられた。

その晩は幸吉もふくめての宴で、酒好きの留助だけでなく、ふだんは酒を飲まない徹次と伊佐も少し酔ったようだった。お福は酒に強いから顔に出ないがかなり飲んでいるらしい。幹太と小萩はもっぱら食べる方だ。

以前、お時に叱られたが、このごろはみんなのご飯をよそったり、お茶をいれたりしながら自分もしっかり食べるという技が身についた。

小萩の心の中でふるさとは遥かに遠くなり、あれからずっと牡丹堂にいたような気がする。

酒を飲んだように体が熱くなり、気持ちが高ぶってきた。

これからここで菓子の仕事が出来るのだ。そう思うと自然に頬が緩む。

「小萩、うれしそうだな」

幹太が肘でつついた。

「そりゃ、そうよ。牡丹堂に帰って来られたんだもの。また働ける」

「頑張れよ」

「はい？」

幹太の視線の先に伊佐がいた。伊佐と目があった。酒のせいで頬を染めた顔はいつもよりやさしく、少し穏やかに見えた。

小萩は恥ずかしくなって目をふせた。


あくる日、一人の男が牡丹堂にやって来た。

お福は奥の座敷でお客と話をしており、見世には小萩一人だった。

「鷹一《たかいち》と申しやす。旦那さん、おかみさんはお手すきですか」

よく通る声でたずねた。

年は徹次より少し若いくらいか。細身の、けれど力のありそうな体つきで、鼻筋の通った甘い顔立ちをしていた。だが、切れ長の目は鋭く、強い光を放っている。薄い紙でも、真綿でも、なんでもすぱりと切ってしまう鍛えられた鋼のような目だと、小萩は思った。

細かい縞の藍色の着物に博多献上《はかたけんじょう》の帯をしめた姿はどこか粋で、職人髷を結っているが、ただの職人とは思えない。

一体何をしている人だろう。

小萩が考えていると、仕事場から徹次が姿を現した。

「その声はやっぱり鷹一か。久しぶりだな。どうしてた？」

懐かしそうな声を出した。鷹一の目にも一瞬、穏やかな光が射した。

「徹次さんもお元気そうで何よりです。江戸に戻りやしたので、ご挨拶にうかがいました」

「ほう、そりゃあ、よかった。どこかの見世を手伝うことになったのか」

「いえ」

鷹一が口ごもった。妙な間が空いた。

「自分で見世を始めるつもりです。菓子屋をするなら日本橋のほか、ありやせん。そう思ってずっと暮らしてきました」

「ほお」

徹次はうなった。

「それは、すごいな。自分の見世を出すのか」

「いえ、最初は屋台を引いて菓子を売ります」

「この辺りでか？」

「そのつもりです」

「商売敵《がたき》になるってことか」

「お手柔らかに頼みます」

鷹一は軽く頭を下げた。

その時、奥からにぎやかな笑い声がして、お客とお福が出て来た。いつものように挨拶を交わし、お客を繰り出す。

その笑顔のままお福が振り返った。

「どこかで聞いたような声がすると思ったら、鷹一かい？　すっかり面変わりしてるから、人違いしちまったよ」

「そりゃあ、変わりますよ。十七年ですから」

「もうそんなになるかい」

「京都を皮切りに島根、金沢、長崎、あちこち回りました。今度、日本橋に戻りましたので、そのご挨拶にうかがいました」

「こっちで自分の見世を出すそうです」

徹次が言った。

「見世といっても小さな屋台ですよ」

「屋台だって立派なもんだよ。頑張りな。弥兵衛さんもいればよかったんだけど、あいにく釣りに出かけたまま、まだ戻って来てないんだよ。この頃は見世の方はすっかり徹次に任せて、あの人は朝から釣りさ」

「そうですか」

鷹一は何かを探すように見世の中に目を走らせた。

小さく息を吐くと「旦那さんにもよろしくお伝えくだせえ」と言って出て行った。

その背中を見送って、小萩はたずねた。

「今の人は、誰だったんですか？」

「昔、見世にいた男だよ。子供の頃からここにいて働いていた。そうか、あれから十七年か」

お福は感慨深げな眼をした。

裏の井戸端に行くと留助が煙草《たばこ》を吸っていた。

「さっき、来た鷹一さんって人のことなんですけど」

小萩はたずねた。

「ああ、あの人か。会ったことはないけど、話には聞いていた。生まれは桑名《くわな》で、大きな船主の息子だったそうだ。嵐で船をなくし、一家離散になって十二歳でここに来た。その半年ほど前に十四歳で親方が来て、住み込みで働いている。だから、最初、旦那は断ろうと思ったらしいけど、おかみさんは息子を四歳で亡くしているだろ。身寄りがないなんていわれると、ほっておけないんだ。一人も二人も同じじゃないかって、引き取ったんだと」

留助はその頃の話を出入りの乾物屋の主人から何度か聞かされたそうだ。

「親方はその頃から真面目で粘り強い。一つのことにじっくり取り組む。これは将来、いい職人になるなってみんなが思っていたらしい」

ところが、鷹一はまったく違ったそうだ。

「聡《さと》いっていうか、勘がいいっていうか、手先が器用で教えられたことはすぐ出来るようになる。おしゃべりで、いっしょにいると面白い。甘い顔立ちで近所の娘たちにも大人気。だけど、そういう奴は、職人みたいな地味な仕事はなかなか続かないんだよね。大丈夫かなって思う所はあったらしい」

とはいえ、弥兵衛やお福はそんな鷹一を面白がり、真面目な兄と腕白《わんぱく》な弟という風な目で見ていたらしい。

そして十年が過ぎ、二十二歳になった鷹一は二十一屋を去った。

「『この見世で学ぶことはもう何もない』って、後ろ足で砂をかけるようにして出て行ったんだってさ」

「何が、あったんですか？」

「うん、まぁ、そうだなぁ」

留助は声をひそめた。

「これは俺の想像だけど、原因はお葉さんじゃないのかなぁ。鷹一がいなくなってしばらくして、親方とお葉さんが一緒になったんだよ」

小萩は指を折って数えた。

その時、徹次は二十四、鷹一は二十二歳、お葉は十七。

「いい年ごろだろ」

小萩の頭に、若い二人の職人とかわいらしい娘の姿が浮かんだ。

しかし、頑固一徹の徹次に甘やかな恋模様があったとは考えにくい。

「なんか、違うような気がします」

小萩が口をとがらせると、留助は「誰にも若い時はあったんだよ」と笑った。

しばらくすると、届け物に出かけていた伊佐が竹の皮で包んだ饅頭を下げて帰って来た。

「通りで人だかりがして、見たら屋台の饅頭売りだった。鷹一って職人らしい」

鷹一と聞いて小萩は仕事の手を止めた。徹次と留助、幹太も集まって来た。

包みを開くと、白と黒の混じった饅頭が現れた。いや、これを饅頭といっていいのだろうか。白い皮の隙間から小豆あんがのぞいている。

「なんだ。破れ饅頭か？」

すぐに手を出したのは幹太だった。

「破れているんじゃなくて皮が薄くて中のあんが透けているんだ。白吹雪《しろふぶき》饅頭という名前だそうだ」

伊佐が説明した。

小萩もひとつ、手に取った。

透き通った薄い皮が小豆あんを包んでいる。ところどころ白くなっているのは、皮が厚くなっている部分だ。わざと厚さに変化をつけて吹雪のように見せているのだろうか。

「薄皮饅頭でも、こんなに皮を薄くしたのは初めて見るな。米粉じゃないのかな」

留助が低い声でつぶやいた。

「ひみつなんだってさ。あんこの炊き方も、皮のつくり方も鷹一が自分で考えた、世の中に二つとないものだと言っている」

「鷹一のやつ、大きく出たな」

徹次はつぶやき、大きな手で二つに割って口に入れた。

「中はつぶしあんか。ちょいと塩気が強いようだけど、味はわるくねぇな」

意外にも皮はもっちりとしてあんのうまみが強い。

「男っぽい味ですね」

小萩は言った。

「俺はここにいるって仁王立ちしているような饅頭だ」

徹次が言った。

「だれが仁王立ちしているって？」

地獄耳のお福が顔を出した。

「鷹一さんが屋台で饅頭を売っていたんです。伊佐さんが買って来てくれました」

「ほう。さっそく屋台を出したのか」

お福も加わる。一口食べて顔をしかめた。

「ずいぶん、くせのあるあんこだねぇ。もうすっかり、うちの見世の味なんか忘れちまったんだろうねぇ」

その時、裏の戸が開いて、釣り棹《ざお》を脇に抱えた弥兵衛が入って来た。

「おい。みやげがあるぞ」

手に提げているのは、鷹一の白吹雪の包みだ。

「表通りに屋台が出ていて、どっかで見た顔だなと思ったら鷹一だよ。あいさつ代わりに一包み買ってきた。なんだ、お前たち、もう食っているのか」

弥兵衛はのんきな調子で言って、自分もひとつ口に入れた。

「これが、あいつのあんこか。面白れぇな」

なぜか満足そうな笑みを浮かべた。


夕方、小萩が見世の片付けをしていると、幹太がやって来た。

「おはぎ、ちょっとつき合えよ。鷹一って奴の屋台を見に行こうぜ」

二人で表通りに出て行った。

越後屋の前を過ぎ、河岸に向かって歩く。河岸に近づくにつれて人が増え、いろいろな匂いが混じり、客寄せの声が大きくなった。

「おい、あそこだよ」

幹太が小走りになった。

人だかりができていて、屋台の脇には「名代名物　白吹雪饅頭」と書いた赤いのぼりがはためいていた。

「世にも珍しいこの饅頭。饅頭と言えば厚い皮にくるまれていると相場が決まっているが、ちょいと見てごらん。こいつの皮はどうなっている？」

鷹一のよく通る声が聞こえた。人の間からのぞくと、屋台の脇に鷹一が立っている。白っぽい着物の裾をからげて藍の股引《ももひき》を見せ、白足袋姿で、それが細身の体に似合っていかにも格好よく、鼻筋の通った甘い顔立ちに女たちの目が惹きつけられていた。

「破れてあんこがはみ出してるんじゃねぇのか」

お客の一人が言うと、屋台を取り巻いている者たちから笑いがもれた。

「馬鹿言っちゃいけねぇよ。これだから、早とちりの江戸っ子は困るんだ。よおく見てみな。ちゃあんと、皮にくるまっているだろう。破れているんじゃねぇ。中のあんこが透けて見えるほど、うすーくうすーくのばしているんだ」

鷹一のしゃべりは独特だ。

お客を少し馬鹿にしたようにしゃべる。嫌なら買わなくてもいいんだぜという顔つきをする。お客は怒るかと思うと、逆に面白がっている。

「姐《ねえ》さんはきれいだからね、一つやるよ。ここで食べてみな。それで、ほかのみんなにどんな味がするか、教えてやってくれ」

かつお縞の着物を粋に着こなした年増女に手渡す。きれいと言われて、女はまんざらでもないような顔をした。

「うん。なかなか、おいしいよ」

「なんだよ。甲斐《かい》がねぇなぁ。うまいことは分かってんだよ。もう少し、気の利いたことを言ってくれよ」

拝む真似をすると、笑いが起こった。

今度は別のいかにも地方から出て来たという風情《ふぜい》の男に饅頭を手渡す。お国訛《なま》りの男とのやり取りが面白く、また笑いが起こる。

頃合いを見計らってお客を見渡す。

「さあ、お客さんたち、話の種にひとつどうだい。江戸で人気の白吹雪饅頭だ。今、これを食べておかないと流行りに乗り遅れちまうよ」

「よし、ひとつ買ってみようか」

次々声があがって手が出る。鷹一は手慣れた調子で金を受け取り、饅頭を手渡す。たちまち二十、三十と売ってしまった。

「すげえな。ばあちゃんもびっくりだ」

幹太がつぶやいた。

お福の商売上手は見世の者すべてが認めるところで、菓子は生ものだからその日つくった分はその日のうちに売り切りたい。急な嵐が来ようが、なんだろうが、お福が大丈夫と言ったら大丈夫。夕方見世を閉める頃には売り切ってしまう。

鷹一もお福に負けない腕をしているらしい。買い物をすませたお客が去って、人の輪がくずれた。

「ちょいと、挨拶してくる」

幹太は小萩の脇を離れると、ずんずんと鷹一の方に進んでいった。

「おいらにも、その白吹雪食べさせてくれよ」

鷹一は手を止めて、幹太の顔をまじまじと見つめて言った。

「お前、もしかして二十一屋の子か？」

「そうだよ。幹太って言うんだ。ばあちゃんに聞いたよ。あんた、昔、うちにいた人なんだってな」

「そうだよ。十年いた。お前、お葉の子だろ。おっかさんにそっくりな目をしているな。生意気なところは誰に似たんだ？」

「ばあちゃんだろ。若い頃は有名なはねっ返りだったらしいから」

「はねっ返りか、そりゃぁあ、いいや」

鷹一は愉快そうに笑った。

「おっかさんはどうしてる？　達者でいるのか」

「お袋はもういねぇよ。九年前に死んだ」

一瞬、鷹一の目が大きく見開かれた。

「そうか、知らなかった。気の毒なこと聞いちまったな」

「いいってことさ。とっくの昔の話だ」

「面白い奴だ。気にいったぜ。気が向いたら、仕事場に遊びに来い。白吹雪饅頭のつくり方教えてやる」

饅頭を手渡すと、もう顔は周囲のお客に向いていた。

「世にも珍しいこの饅頭」

背筋を伸ばし、声を張り上げ、人を集める。二人、三人と足を止めると、「ちょいと見てごらん。この皮はどうなっている？」と目の前に差し出した。人の数は次第に増え、気がつくと鷹一の周りにはさっきと同じような厚い人の輪が出来ていた。

「あいつ、菓子がつくれて、売るのもうまいのか。一人で全部出来る。最強じゃねぇか」

幹太はすっかり心をつかまれてしまったらしい。頬を染め、鷹一を見つめている。

「おはぎ、あいつ、つくり方を教えるって言ったよな」

「言ってました」

「よし。明日、あいつの仕事場に行こう。教えてもらうんだ」

幹太は舞い上がった。

だが、肝心の仕事場の場所を聞き漏らした。そして、その後の数日間は牡丹堂が忙しくて、見世を出ることが出来なかった。

その間に白吹雪饅頭は日本橋界隈から、神田、人形町、上野あたりでも評判になっていた。

一気に名前を広めたのは、歌舞伎の市村座《いちむら》の人気役者、仲屋竹也《なかやたけや》が舞台で白吹雪饅頭を取り上げたからだ。

主役をはることもある竹也が、今回は酒屋の親父というちょい役で出て来て、幕間のつなぎにしばらくしゃべる。

「白吹雪ってぇから白い饅頭かと思ったら、白い所はちょぼっとであとは真っ黒。皮が破れてるだろうって取り換えさせようと思ったら、屋台ひいてる兄さんがぐっとにらんで中のあんこが透けてるんだって言いやがる。みりゃあ、その通りだ。また、その兄さんが良い男でさ。傍《そば》にいる娘っ子がみんな顔眺めてうっとりしている。悔しいから一口で食っちまったよ。うまかったねぇ」

ひょうきんな物言いにお客は大笑いして、一気に名が広まった。

江戸っ子は物見高い。

流行りに弱い。

人が面白いというものは見てみたい、試してみたい、食べてみたい。

屋台を取り巻く人はどんどん増えていった。

だが、ある日、鷹一の屋台が消えた。

場所を変えたのではない。日本橋にも、神田にも、人形町にも現れない。

あれだけ話題になっていて、よく売れていて、商売替えをしたとは思えない。いったい、どうしたんだろう。

人々は噂し合った。

二

小萩は以前、亡くなったお葉の菓子帖をお福に見せてもらったことがある。菓子はすべてお葉が考えたもので、見世で実際に売ったものもあるそうだ。

きれいに彩色された菓子の絵の脇には、「梅の花咲く」「幹太、はじめて立つ」などの言葉が添えられていた。それは日々の出来事を描きとめた日記のようでもあり、ながめているとお葉がどんな思いで毎日を過ごしていたのか伝わってきた。

お葉は一日一日を愛《いと》おしむように、大切に過ごしていたのだ。

小萩もそれに倣《なら》って自分の菓子帖をつくり、少しずつ描きためている。

仕事場の隅で菓子帖を開いていたら、伊佐がのぞきこんだ。

「だめですよ。恥ずかしいから」

小萩はあわてて腕で隠した。

「いいじゃねぇか。ちょっとぐらい」

「へたなんです」

「そんなことねぇよ。桜だろ、きれいに描けている」

渋々腕をどけて菓子帖を見せた。

桜の花びらを象《かたど》った菓子である。墨で輪郭を描いて、薄紅色で染めた。

「花を描いた菓子はよく見かけるから、花びらだけで桜を表せないか考えたんです」

「煉り切りにするのか？　厚みがあるから、薄い花びらの軽さをどう出すかだな。色はどうするんだ？」

「本当はもう少し淡い色にしようかと思ったんですけど、桜にしたら元気が良すぎますよね」

「そうだなぁ。色で軽さを出さないとな」

伊佐は筆をとって花びらを描き始めた。伊佐は迷いのないきれいな線を引いた。薄紅色に青を重ねると、淋し気な花びらになった。

「やっぱり、小萩のほうがいいな。これじゃあ、別れの桜だ」

「そんなことないですよ。落ち着いたきれいな色です」

「絵ってのはつくる人の心が現れるんだ。小萩はみんなにかわいがられて、大事に育てられた娘さんだから、自然とこういうあったかい色になるんだよ」

伊佐は父を知らない。母親は幼い伊佐をおいて家を出た。

「でも、牡丹堂があるじゃないですか。牡丹堂は伊佐さんにとって家族のようなものでしょう？」

「そうだな」

片頬をあげて静かに笑った。

弥兵衛がどんなに頼りにし、お福が心配し、徹次が期待しても、それは家族とは違う。

小萩はそれを分かっていて、つい慰めの言葉を口にしてしまった。しまったと思ったが、伊佐は何も気づかぬ風に自分の持ち場に戻っていた。

その時、お使いに行っていた留助が戻ってきた。顔を真っ赤にしている。

「おい、大変だよ。本石町通《ほんこくちょうどおり》に鷹一の見世が出来たよ」

本石町通は牡丹堂のある浮世小路の三本先にある道だ。

「うちの目と鼻の先じゃないですか」

小萩は驚いて声をあげた。

「そうだよ。そんな近くに菓子屋を出されちゃ、たまんねぇよ」

留助は悲鳴のような声をあげた。

その声に、お福も徹次もやって来た。

「本石町通のところを通りかかったら、なんだか人だかりがしてんだよ。なんだと思ってのぞいてみたら、『白吹雪饅頭』ってのぼりが見えた。いつの間にか、立派な見世が出来ているんだ。職人も二人ほどいてさ」

「するってぇと、あいつ、はなからそのつもりで、屋台引っ張っていたんだな」徹次が言う。

「あのあたりに空き見世があったかねぇ」お福が首を傾げた。

「下駄屋が引っ越していったから、そこじゃねぇですかい」伊佐が冷静に答えた。

「売っているのは、白吹雪饅頭だけだったんですか」

小萩はたずねた。

「とにかく人がいっぱいでちらっとしか見えなかったけど、羊羹、最中《もなか》、上生菓子と一通りあったようだ」

「しかし、見世一軒っていったら結構、金もかかるぞ。職人二人も雇って、饅頭だけじゃなくて、羊羹も上生もっていったら、材料の手配だってなまなかな事じゃねぇな。あいつ、どこでそんな金をつかんだんだ。それとも、誰か金主がいるのか」

いつの間に来たのか、弥兵衛も首をひねっている。

「店の名はなんだい？」

お福がたずねた。

「それが、天下無双《てんかむそう》って言うんでさ」

天下に並ぶものがないほど、すぐれているという意味だ。

みんなは一瞬、言葉に詰まった。

「自分で言うかね。たいした自信だねぇ」

お福は低い声でつぶやいた。

天下無双と名乗って日本橋に見世を出す。

牡丹堂に喧嘩を売っているようではないか。いや、牡丹堂だけではない。江戸の菓子屋すべてに挑戦状をたたきつけているようにも感じる。

「まぁ、この見世で学ぶことは何もないって出て行った男だからな。それぐらいはするだろうよ」

弥兵衛はなぜか、クックと笑った。


鷹一に金主がいるのかというみんなの疑問は、しばらくして解けた。

日本橋の呉服屋、川上屋のおかみ冨江《とみえ》がやって来たのだ。

「こんにちは。お福さん、いらっしゃる？」

いつものように見世先で冨江はたずねた。

四十を少し過ぎていて黒々とした豊かな髪と品のいい顔立ちをしている。今日は黒地の着物に、節のある糸で織った青みがかった帯をしている。何気ない装いだが、よく見ればどちらも上質のものだ。

「あら、いいところに来たよ。今、ちょうどお茶をいれようと思っていたんだ」

お福が奥の座敷に誘う。そこは牡丹堂のみんなが「お福さんの大奥」と呼んでいる三畳ほどの小部屋だ。

小萩はお茶と豆大福を持って襖を開けた。

二人はひとしきり天気の話などして、本題に入る。

「ねぇ、天下無双って新しくできたお菓子屋。お福さんは、もう、いらした？　鷹一って人はお宅の職人だった人ですってね」

「出て行ったのは十七年も前の話だよ。つい、この間、日本橋に戻って来たって挨拶に来た。その時は屋台で商売を始めるって言ったのに、あっという間に見世を構えた。その金はどこから出たんだろうって、弥兵衛さんも首を傾げていたよ」

「それなのよ」

冨江は身を乗り出した。

「天下無双に金を出しているのは、中の大島楼《おおしまろう》のおかみなの」

中と聞いて、小萩も思わず目をしばたたかせた。

中とは浅草の裏、日本堤《にほんづつみ》にある吉原遊郭のことだ。大島楼という名前は吉原細見に載るような花魁《おいらん》や遊女を何人も抱えている有名な見世だ。勝代《かつよ》はやり手で知られた女主人であるという。

「なんで、中の人が菓子屋に肩入れするんだい？」

お福はたずねた。

「そこなのよ」

冨江は言葉に力をこめる。

「大島楼の勝代はとにかく商いが好き。かんざし、白粉、仕出しの料理屋とか、いろいろな見世を人にやらせている。見込みのありそうな若い男を育てるのが楽しいらしいの。鷹一はそれを聞いて自分で売り込みに行ったそうよ。うちの番頭が聞いて来たから、確かな話だわ」

最初は屋台で白吹雪饅頭を売る。

歌舞伎の仲屋竹也を使って名前を売る。

人気が出たところでいったん姿を消し、どうしたんだろうと思わせて見世を開店する。

水際だったやり方は、勝代の発案だという。

「だいたい、天下無双なんて名前だって人を食っているでしょう」

「そうだねぇ。恐れ多くて、とてもそんな屋号を名乗れないよ」

「そうよねぇ。失敗したら赤恥だもの」

話が盛り上がってきた。

小萩はお茶のお代わりといっしょに、お菓子を二つ、三つ、見繕って持って行く。

「こちら煉り切りで都鳥《みやこどり》、中は粒あんです。こちらは外郎《ういろう》製の胡蝶《こちょう》で中は白こしあん、きんとんは都の春でこしあんです」

「あら、きれいねぇ。迷っちゃうわ」

「三つともどうぞ。食べられなかったら、包むからさ」

お福も腰を据えて話を聞くつもりらしい。

「いくら小さくたって見世一軒ていやぁ、結構な掛かりだろ」

「もちろんよ。私は仲屋竹也が舞台で白吹雪饅頭を取り上げたって話、聞いた時にのけぞったわ。うちが毎年あれだけお客を連れて行っても、竹也さんは『今日はきれいな人がいっぱいだねぇ』ぐらいしか言わないもの。白吹雪饅頭の名前まで言ってもらうには、どれだけお金を使ったか見当もつかない」

「やっぱり中の人は、違うねえ」

「そりゃあ、あたしたちとは違うわよ」

二人はうなずきあった。

江戸では、朝は魚河岸、昼は芝居小屋、夜は吉原で日に千両が動くという。

男たちの遊び場だからふだんは女が行く場所ではないが、毎年、春、桜の季節になると吉原の大通りに桜が植えられ、町場の女たちも見物に行く。去年、小萩は弥兵衛やお福に連れられて花魁道中を見て来た。

満開の桜の木がこの日のために植えられたものだと聞いて、まずびっくりした。

その花の下を着飾った花魁が禿《かむろ》たちを引き連れて歩くのである。

たくさんの人が花魁を一目見ようと集まっていた。

小萩たちは運よく列の前に出られた。花魁は思ったより若かった。年は小萩と変わらないかもしれない。髪を大きく結って何十本もかんざしを挿した顔は、人形のように整っていた。色とりどりの刺繍で埋め尽くされた重そうな着物と帯で着飾り、高下駄を履いていて、その鼻緒から見える足の指にも薄く白粉が刷いてある。自分の体を支えることができるのかと心配になるくらい、小さく細く頼りなげだった。

「花魁に会うためにはやり手婆《ばば》に祝儀をはずむことからはじまって、さまざまな手順があるんだぜ。一度目は会うだけ。二度目に裏を返して、三度目にやっと馴染みになる。しかも、花魁は自分が気に入らなければ相手が大名、旗本であろうとそっぽを向くんだ」

そう教えてくれたのは留助だ。

二千人からいる遊女の頂点にたつのが花魁だとしても、もとは買われた娘である。それがどういうからくりで大名、旗本に頭を下げさせる女に仕立て上げられるのか。小萩は不思議な気がした。

吉原は夢の世界、すべてが別格と留助は言った。だが、満開の桜に花魁の髪を飾るかんざし、豪華な衣裳、寝屋の調度、太鼓持ちに下足番、やり手婆など、吉原で働く男たち、女たちの暮らしを支える金も、すべては遊びにくる男たちの懐から出るのである。

吉原に入り浸って勘当になった放蕩息子、見世の金を盗んだ番頭、女の取り合いで刃傷沙汰となった侍。道を誤った男たちの噂は尽きない。

それでも吉原はつぶされない。

女の数が圧倒的に少ない江戸では、そういう場所も必要なのだという。

お歯黒どぶで囲まれた吉原の中は特別な場所。そこで暮らす勝代もまた、小萩たちこちらとは一線を画した、別世界の人ではないのだろうか。

「勝代っていうのは、どういう人だい？」

お福がたずねた。

「まだ若いわ。三十をいくつか過ぎたくらい。番頭に聞いた話だけどね」

また、番頭の受け売りか。川上屋には吉原通の番頭がいるらしい。

勝代は奥州の片田舎の生まれで、五つの時に買われて大島楼に来た。

「子供ながら聡くてね、教えもしないのに数を数え、足し算、引き算をした」

主人が試しに算盤を教えたところ、めきめき上達して七つの時には、暗算で掛け算、割り算もこなすようになった。見世の者たちは自分で算盤を置くより速いと、勝代に暗算させたそうだ。

　ある時、主人が勝代に金を渡し、何でもいいから商いをして来いと言いつけた。すると勝代は刀の柄《つか》にかぶせる柄袋と鞘《さや》にかぶせる引はだを仕入れ、吉原の大門脇で売ったという。

　吉原で見栄をはりたい男たちは、くたびれた柄袋や引はだを新品と取り換えて中に入った。勝代はほどなく仕入れた品を売り切った。

　主人は勝代の商才に驚き、見世に出すのを止めて自分の傍におき、商いのいろはを教え、跡継ぎがなかったので養女とした。

「大島楼は勝代が関わるようになって、ますます有名になっていったってわけ。裏じゃあ結構、あこぎな商売もしているんじゃないのかしら。勝代の息のかかった呉服屋があるんだけれど、そこの客には手を出しちゃいけないって呉服屋仲間に忠告されたことがあるのよ」

　冨江の言葉に、お福は大きなため息をついた。

　小萩は鷹一の強い光を放つ、鋼のような目を思い出していた。

　鷹一は才人だ。菓子の腕も一流なら、商いの腕もある。自信を持っているに違いない。

　だが、勝代という女はその上を行くやり手だ。

「鷹一はそんな女と組んで、てっぺんまで駆け上がろうっていうのかい。そりゃあ、大変だねぇ。口車にのせられて魂を取られなければいいけどねぇ」

お福はしみじみとした様子で言った。

冨江の話はまだまだ続いているが、小萩は見世の仕事に戻った。


裏の井戸で洗い物をしていると、幹太がやって来て言った。

「おはぎ、おいら、鷹一の見世に行ってみようかと思っているんだ。一緒に行かねぇか」

「白吹雪饅頭を買うの?」

「違うよ。饅頭のつくり方を教えてやるって言ったじゃないか。見世の裏に仕事場があって、そこで菓子をつくってるんだ」

幹太は庭で遊んでいる雀《すずめ》にそっと忍び寄るときの猫のような目をした。

だけど、鷹一って人はね。

思わず口に出しそうになった言葉を飲み込んだ。

何かに夢中になっている時、幹太は聞く耳を持たない。怒り出して、だったら自分一人で行くと言い出すかもしれない。

「さっき伊佐さんが真似してみるって言ってたわよ」

「それがうまくいかねぇんだよ。なんか、ひみつがあるんだよな。おいらが習って、伊佐を驚かしてやる」

鷹一はただ親切で人のいい男とは違う。

牡丹堂の息子と知って、菓子のひみつを教えてやるというのは裏に何か訳がありそうだ。日はまだ高く、夕飯の支度までには時間がある。

「じゃ、一緒に行く」

「よし、すぐ行くぞ」

大通りを走り抜け、本石町通に入ると、丸に天と抜いた天下無双ののれんが見えた。白吹雪饅頭ののぼりが見えないから、今日の分は売り切ったらしい。お客の数が少ないのもそのせいか。

天下無双の見世は白壁の蔵造で、紺ののれんが白い壁によく映えた。見世の中は壁も床も張り直したのか、新しい木の香りがした。

見世の前に十歳ほどの小僧がいたが、顔立ちが人形のように愛らしい。お仕着せの藍色が濃い。たいていの見世では小僧のお仕着せは誰かのお古を染め直したものを使う。千草《ちぐさ》色《いろ》などといえば聞こえはいいが、青とも緑ともいえない妙な色である。

天下無双は小僧のお仕着せまで新品だ。

「やっぱり、かっこいいよな。ぱりっとしてる」

幹太が言った。

その通りだ。

白吹雪饅頭のあんが仁王立ちしているようなら、この見世は金蔵《かねぐら》の上でふんぞり返っている。どこもかしこも真新しく、一分の隙もなく贅沢につくられていた。

裏に回って仕事場の戸をたたくと、きつね目の若いやせた職人が出て来た。鷹一はかまどの前に立って、あんを炊いているところで、奥にはもう一人、あごに黒子《ほくろ》のある腕っぷしの強そうな男が蒸籠の準備していた。

「ほお。坊主、よく来たな。この前のねぇさんも一緒だな」

鷹一が言った。鋼のように鋭い眼差《まなざ》しは幹太を見る時、少しだけやさしくなる。

「白吹雪饅頭のつくり方教えてくれるって本当かい？」

「ああ。教えてやるとも。聞きたいこと、何でも聞け。全部、教えてやる。だが、特別だぞ。他の奴らに教えちゃだめだ。お前だから教えるんだ。そっちのねぇさんも分かったな」

鷹一はいたずらっぽく目配せした。それだけでもう幹太の頬は紅潮した。

「まず皮だ」

作業台の上に木の鉢をおくと、脇の木箱の粉をさじですくって入れた。

「これはうどん粉。もち粉と葛粉も少し混ぜてある」

水を加えて混ぜ始めた。

手粉をふった台に取り出し、さらに練って白い塊にした。手をこすり合わせるようにしてひゅるひゅると細くのばし、端から包丁でとんとんと切った。

一つの塊は小指の先ほどの大きさだ。牡丹堂の饅頭の皮はこの三倍ほどの量がある。

「こんなちょっとでいいのか？」

幹太が目を輝かせる。

「ああ。少しの皮で包むところがみそだ。触ってみるか」

小萩はそっと指先で触れた。軽く突《つつ》いたつもりだったのに、生地は想像以上にやわらかく、指の痕《あと》がついた。

「これがこの生地のひみつ。やわらかくて薄くのびて、破れない。まぁ、上手なやつが扱った場合だけどな」

にやりと笑う。

「ほんとは、一晩寝かせたいところだがな。今はこれでよしとしよう。これであん玉を包む。見てな」

鷹一は指の長い、肉の薄い手の上に生地をのせた。指先で生地をつぶして丸く広げ、あん玉をのせる。あん玉は小豆の粒が入っていて、表面がでこぼこしていた。鷹一の指が動いたと思ったら、あん玉が手の上でくるくると回転し、生地はするするとのびてあん玉を包んだ。あん玉も、生地も生きて自分の意思で動いているように見えた。

「どうだ」

幹太の手の上に包んだばかりの饅頭をのせた。

やわらかな生地はこれ以上薄くなりようがないというほど薄くのびて、でこぼこの多いあん玉にぴたりとはりついている。

「じゃあ、二人もやってみるか」

鷹一は幹太と小萩の手に、生地をのせた。

「二人とも見世で饅頭を包んでいるんだろ」

「当たり前だよ」

幹太は胸をはる。

「よし、じゃあ出来るな」

幹太は手慣れたようすで生地を丸く広げ、あん玉をのせた。

小萩も続く。粘りが強い生地はのばそうとすると、指にひっつく。

「力で無理やりのばそうとすると破れるから、ゆっくり静かに手を動かす」

幹太はさすがに勘がいい。なんとかあん玉を包んだ、と思ったら底の方が破れていた。

「ちぇ。失敗だ」

鷹一は声をあげて笑った。

「初めてでこれぐらいできたら上出来だ。さすがに二十一屋の若旦那だ。筋がいい。なぁ、おい」

振り返って職人たちに声をかけた。きつね目と黒子は「へい」と言って首をすくめた。

「あの二人は、ひと月もやっているが、まだ包めねぇんだ」

言われて幹太は得意そうな顔になった。

「ここのあんこはどうやって炊いているんだい？　うちの味とは全然違う」

「そりゃ、そうだ。炊き方がはなから違う。あくを捨てないんだ。最初の水で最後まで煮る」

「そんなことしたら、えぐみが出るでしょう？」

小萩がたずねた。豆を炊くときは何度も水を替えてさらし、あくを抜くと教わった。

鷹一が鼻で笑った。

「うちの白吹雪饅頭食べたんだろ。えぐみがあったか？　いやな味がしたか？」

「いいや。出てない。豆の味がはっきりとあった」

幹太がきっぱりと言った。

小萩も同感だ。少々クセが強い。だが、その分、うまみのある独特なあんだ。一度食べたら忘れられない。

俺が鷹一だと仁王立ちしているあんだ。

「そうだろう。豆のうまみってのは、豆の皮と身の間にあるんだ。それが煮ているうちに出て来る。これがあくだ。えぐみだ。そのうまみを捨てちまったら、もったいない。ただの甘いだけのあんこになっちまう。俺のやり方は、反対だ。煮汁は捨てない。あくとかえぐみっていう嫌われもんを味方につけるんだ」

「そのやり方は上方《かみがた》の方のものなのか？」

幹太がたずねた。

「いや違う。俺が考えた。日本中、俺しかやっていない。だから、見世の名前が天下無双だ」

そういうことか。

小萩は鷹一の自信に満ちた顔を眺めた。あんは菓子屋の命という。鷹一はどこにもない、自分だけのあんを考えた。そして、そのあんをひっさげて日本橋にやって来た。

「白吹雪饅頭は、鷹一さんのあんこを最高においしく食べさせる饅頭ってわけか」

幹太が言った。

「さすが、菓子屋の息子だ。分かりがいいな」

鷹一が褒めた。

「おや、めずらしいね。お客さんかい？」

背中の方で女の声がした。低い、かすれた声だった。振り向くと、いつの間に来たのか、黒っぽい着物を着た女が仕事場の隅で帳面を広げていた。

「勝代さん、二人は二十一屋の人ですよ」

鷹一が言うと、女が軽く会釈をした。

この女が、勝代か。小萩はながめた。

勝代は男物のような織のしっかりしたえび茶色の着物を着て、丸髷に結っていた。だが、肌はみずみずしく、その顔ははっとするほど整っている。小萩には勝代が自分の若さや美しさを平凡な髪型や着物で包み隠しているようにも見えた。

「あたしの顔に何かついているかい？」

勝代が低い声でたずねた。

「いえ。あまりに若く、おきれいだったので」

「おやおや。お世辞が上手だね。話に聞いていたのとは違ったかい」

勝代は静かに笑った。

「人の生き血を吸っているとでも聞かされたかい？」

鷹一がからかうようにたずねた。

「いえ、そんな」

小萩はあわてて打ち消した。勝代はそれには答えず、帳面に視線を落とした。

勝代を見ていると、夏の夜、灯《あか》りに寄って来る水色の蛾《が》が思い出された。大人の男の手の平ほどもある大きな美しい蛾で、眉のような触角は長く伸びて優雅な曲線を描き、憎らしいほど太く強そうな胴体は厚い毛におおわれている。どこから入って来るのか気がつくと部屋の壁や柱に止まっている。美しいのと気味悪いのが一緒になって、小萩はいつも目が離せなくなった。

仕事場のかまどに火がくべられて、鍋は白い湯気をあげていた。あんを炊く甘い匂いが仕事場に満ちた。幹太は残った生地をもらって包む練習をしている。鷹一は仕事場の隅の空樽《あきだる》に腰をおろして、それを眺めていた。

「お葉の息子で幹太か。その名前は誰がつけたんだ？」

「じいちゃんだよ。丈夫に育つようにってさ」

鷹一はわずかに眉根を寄せ、何げない風にたずねた。

「お葉はなんで死んだんだ。病気か？」

幹太は強い眼差しを鷹一に向けた。

「風邪だよ。悪い風邪が流行っていたんだ。仕事場で倒れて、あっという間だった。暮れで忙しかったからお袋はみんなに迷惑かけちゃいけないと、無理したんだ」

「お葉はいくつだった」

「二十五だ」

「そんなに若くてか」

鷹一はこぶしで壁をたたいた。

「あの人はいつもそうだ。自分のことは脇において、周りの人のことを気遣う。平気、平気って口癖のように言うけど、全然平気じゃねぇんだ。そうやって、自分の仕事がどんどん増えていく。苦しくても辛くても顔に出さない」

「そう言うなよ。おいらも悪かったと思っているんだ」

幹太の口がへの字に曲がった。目が赤くなっている。小萩は思わず口をはさんだ。

「幹太さんを責めないでください。幹太さんはその時まだ六つだったんです。だから、お母さんに甘えてよかったんです。幹太さんも自分のせいだと思う必要はないですよ」

自分でもびっくりするくらい強い口調になった。

鷹一は表情を変えた。

「悪かったな。責めるつもりはないんだ。お葉が死んだのがあんまり早かったんでさ、ついな。そうだ、新しく考えたきんとんを見るか？」

鷹一は表情を変えると、蓋付きの菓子鉢から紅と青緑に染め分けたきんとんを取り出した。

いや、これをきんとんと呼んでいいのだろうか。

絹糸のように細くて長いそぼろが菓子をおおっている。いったい、どうやったら、こんなそぼろをこし出せるのだろう。紅と青緑は、海辺で強い風に吹かれた草のようにねじれ、不思議な模様をつくっていた。

美しい。けれど、人を不安にさせる姿だ。小萩の胸はどきどきと音をたてた。幹太は息をつめて、きんとんを眺めている。

「薄気味悪いとか、食べる気がしないって言った人もいる。だけど、こういうきんとんがあってもいいだろ？　これを弥兵衛さんに見せたいんだ。あの人なら、俺の気持ちを分かってくれると思う。あの人は本物の菓子職人だ。あの人だけだ。ほんとに俺がすごいと思ったのは。あの人は菓子を分かっている」

鷹一は言葉に力をこめた。

「おいらは、面白いと思います」

幹太がかすれた声で言った。先ほどと言葉遣いが変わっている。頰を染め、瞳を輝かせ、尊敬の気持ちを隠そうとしない。

その後鷹一は自分で工夫したという道具を見せてくれた。きんとん用の箸だけでも、先端の太さを変えたものが何種類もあった。幹太は手にとって熱心にながめ、質問した。

あっという間に時間が過ぎていく。

小萩は幹太の袖をひいた。

「もう、帰ろう。夕方の仕事がある」

「ああ」

幹太は名残《なごり》惜しそうに、首をふった。

「また、遊びに来いよ。今度はあんこ炊くところ、見せてやる」

鷹一の言葉に、幹太は飛び上がりそうに喜んだ。

「いいんですか？」

「かまわねぇよ」

「ありがとうございます」

うれしそうに頭を下げた。

外に出た途端、幹太は大きく息を吸い込んだ。

「すげえなぁ、鷹一さん。すげえよ。最高だよ。あの人はきっと日本一になる」

落ち着いてはいられないというように、ぴょんぴょんと飛び跳ねた。

だが、鷹一の後ろにはあの勝代がいる。

小萩は急に不安になった。

「大丈夫?」

「何がだよ。何が心配なんだよ」

幹太はいきなり駆け出した。たちまち小萩は置き去りにされた。

三

幹太は毎日のように天下無双に通っている。せっかくまじめに見世の仕事をするようになっていたのに、また以前のようにいつの間にか姿を消してしまう。

「おはぎ、鷹一さんって人は本当にすごいんだ」

これはひみつだよ、おはぎにだけ話すんだと言って天下無双のことを語る時、幹太はとろけそうな顔になった。

井戸で洗い物をしている小萩のそばに来た幹太は、紙包みを手渡した。中には乾いた饅頭のようなものが入っている。

「食べてみろよ」

歯をあてると、ポロリと割れた。中身がない。中はからっぽだ。

小萩がびっくりした顔をすると、幹太はケラケラと笑った。

「長崎の一口香《いっこうこう》って菓子だ。砂糖が入っていて、焼くと溶けて皮の方にはりつくんだ」

皮の裏側には茶色く焦げた砂糖のようなものが見えた。幹太はかけらを小萩の手からとりあげ、パリパリと音を立てて食べた。小萩も真似をした。香ばしくておいしい。

「鷹一さんは毎日、いろんな菓子をつくっているんだ。吉原の特別なお客の宴に使うんだってさ」

それらは京都で覚えた有平糖《アルヘイとう》であり、金沢の五色の祝い菓子であり、長崎で中国の人から教わったという繭のような白い飴菓子で、江戸でもめったに見られない、あるいは話にしか聞いたことのないものばかりだった。

勝代の手引きで鷹一は吉原の座敷に呼ばれ、札差《ふださし》や豪商、ときには大名、旗本まで、さまざまな人と交流を深めていた。

吉原は遊女と会う場所とばかり思っていたのは小萩の世間知らずで、金持ちにとって吉原は社交の場でもあるという。勝代はそうした人々をよく知っていて、互いを引き合わせる。お客たちも勝代の紹介ならと相手を信用した。

「そういう席に使う菓子だから値段もとびっきり高いんだ。見世売りの何十倍もする」

いくらなんでも何十倍は大げさだろうと小萩が言うと、幹太は本当なんだと語気を強めた。

「鷹一さんは勝代さんのいい人なの？」

小萩は声をひそめてたずねた。

「違うよ。勝代さんは商いの相手だ。男と女が組むとすぐそんな風に言われるけれど、そこをきっちりしないといい商いは出来ないんだよ。金勘定と男女の情は別もんだからさ」

幹太は訳知り顔で小萩に説明した。

小萩の頭の中で、水色の大きな美しい蛾が飛翔した。

やはり幹太は天下無双に出入りしない方がいいのではないだろうか。

「さっき親方が呼んでましたよ。早く行った方がいいですよ」

「仕方ねぇなぁ」

幹太は大人びた様子で答えた。

見世に戻ると、女の客が来た。

「お客様がいらっしゃるので、お菓子をみつくろってほしいのですが。二種類で全部で八個」

丸髷を結っているからお内儀であるのだろうが、しぐさが初々《ういうい》しい。どこかの見世の若おかみらしい。

「お客様はどのような方ですか？」

小萩はたずねた。

「お武家の方で、お役目をいただいて奥州に出立されるので、そのご挨拶にお見えになります」

見本の箱には都鳥を象った饅頭とつつじきんとんなど、六種類が入っていた。

「男の方ならお饅頭はどうですか？」

饅頭は都鳥という菓銘で、白い薯蕷《じょうよ》饅頭を鳥の形にして墨で目を、黄でくちばしを染めたものだ。甘い物は苦手という人にも饅頭は好まれる。困ったら饅頭をと、お福に教わった。

「かわいらしいわねぇ」

「皮に山芋を使っているので風味がいいですよ。中は粒あんです」

「じゃあ、それにしようかしら。あと、もう一品」

「でしたら水の面《おもて》はいかがですか?」

涼し気な水色の外郎製の菓子を示した。

「都鳥が遊ぶ川の雰囲気で、楽しいかと思います」

白と水色で彩りも涼し気だ。我ながらいい組み合わせと思う。

女客も喜び、持って帰っていった。


その後、しばらくして三枡屋《みますや》という乾物屋の小僧がやって来た。

「注文していた饅頭十箱、計百二十個ですが、明後日ではなく、明日、用意してほしいということです」

懐から取り出した書き付けには大人の字で明日の日付が書いてあった。

「日取りが早まったんですね」

「遠方からのお客様のためのものだったのですが、なんでも到着が一日早くなったということです」

「承知しました」

小萩は注文を書いた紙を入れる箱にしまった。すぐに仕事場に伝えようと思ったその時、先ほどの女の客が慌てた様子で戻ってきた。

「すみません。さっきのお菓子、取り換えていただけないでしょうか」

「どこか、まずい所がありましたでしょうか」

女の顔が真っ赤になった。顔がくしゃくしゃっとなったと思ったら、涙がこぼれた。

「えっ、どうされました？」

涙でぬれた目が小萩をにらんでいる。

「舅にもの知らずだと叱られました。こんな恥ずかしい思いをしたのは初めてです」

女は声をあげて泣いた。

――あなたに勧められたから買ったのに。どうしてくれるのよ。

心の声が聞こえるようだ。

「申し訳ありません」

小萩は頭を下げた。しかし、一体何が悪かったのか、どこが気に障ったのかわからない。

すぐにお福を呼び、説明した。話を聞いたお福はたずねた。

「もしかして、そのお客様は俳諧をたしなまれる方ですか？」

「はい。舅の俳諧のお仲間で、松尾芭蕉《まつおばしょう》がお好きとうかがいました」

「なるほど、それで合点が行きました。知らぬこととはいえ、大変失礼をいたしました。それではこちらの藤の宴とつつじきんとんではいかがでしょうか」

藤の花を表した煉り切りと、緑の地に紅を散らした華やかな彩りのつつじきんとんを勧めた。

「藤の枝は大きく広がり、房となってたくさんの花をつけるめでたい樹でございます。つつじも今の季節、野山を彩る花。旅人の目を楽しませてくれることでございましょう。お客様もお喜びになるかと思います」

お福の言葉に女は顔をあげた。

「こちらなら、本当に大丈夫なんでしょうね」

「もちろんでございます」

迷いのない様子でお福は大きくうなずく。それで女もやっと安心した様子だった。お福はお詫びの印にと羊羹を添えた。そのやり取りの間、小萩はお福の隣で小さくなっていた。

「どうして、いけなかったのでしょう」

お客が帰った後、小萩はたずねた。

「松尾芭蕉が奥州への旅の門出に詠んだ句を思い出してごらん。『行く春や鳥啼《とりな》き魚《うお》の目は泪《なみだ》』だよ」

お福は芭蕉が出立の折、千住《せんじゅ》で吟じたという有名な俳句を言った。

「涙は旅立ちにふさわしくない。しかも、色の組み合わせが白と水色と来ている。この組み合わせはお葬式なんかで使う不祝儀の色じゃないか。物見遊山ならともかく、お役をいただいての旅路にこの絵柄と色はいただけないねぇ」

こっちも覚えておきなと言って、芭蕉が死ぬ前に吟じた『旅に病んで夢は枯野をかけ廻《めぐ》る』という句を教えてくれた。

小萩はうなだれた。

これではもの知らずと言われても仕方ない。

「旅先では何が起こるか分からないものだ。今度からは華やかな彩り、縁起のいい菓銘の菓子を選ぶようにしなさい」

菓子屋の仕事は難しい。少し慣れたと思っていたが、まだまだだ。

お福が見世に立つというので小萩は台所で片付けをしていると、仕事場から伊佐が来た。

「幹太さんを知らねぇか」

「いえ。こちらには来てないです」

「さっきから姿が見えねぇんだ。どこに行ったんだよ」

伊佐は不機嫌な声を出した。

「少し前、井戸端に来たときに親方が呼んでいると伝えましたけれど」

「これから変わり羊羹をつくるんだ。めったにつくらない絵柄だから、見た方がいいのになぁ」

小萩には心当たりがある。きっとまた、天下無双だ。

「伊佐さん、少しここにいてもらっていいですか？　すぐ、呼んできますから」

小萩は外に飛び出した。

本石町通の天下無双の見世の裏に回ると、案の定、仕事場から「へぇ。すげえなあ」という幹太の声がした。

「すみません。二十一屋のものですが、見世のものがこちらに来ていませんでしょうか」

戸をそっと開けて、たずねる。

「なんだよ。おはぎ。こんなところまで。おいらを追いかけて来たのか？」

幹太が振り返り、口をとがらせた。

「ほら、若旦那。しびれをきらしてお迎えが来ちまったよ。悪いことは言わない。そろそろ、見世に帰った方がいいよ」

きつね目の職人に背中を押され、幹太はしぶしぶ牡丹堂に戻ることにした。

二人で通りを歩いていると、向こうから弥兵衛がやって来るのが見えた。

「なんだ、幹太、ふてくされた顔して。天下無双を追い出されたか」

相変わらず、お見通しの弥兵衛である。

「追い出されたんじゃねぇや、おはぎが迎えに来たんだよ」

「同じことだ。この時間じゃ、見世もそう忙しくねぇだろう。ちょいと、わしにつき合わんか」

「でも、親方が羊羹をつくるからって……」

小萩は伊佐の言葉が気になっている。

「いいよ、いいよ。今、この子に何を見せても頭に入らん。めずらしいものを見せられて頭がいっぱいになっているんだ。後でわしからも徹次にひと言謝っておくから」

茶店に行くと、番茶と団子を頼んだ。弥兵衛はゆっくりと茶を飲んでいる。幹太はそっぽを向いた。

「どうだ。天下無双は面白いか」

「まあね」

「天下無双はおもちゃ箱みたいな見世だな。次々目新しい、面白い物が出て来る。お前が夢中になる気持ちもよく分かる」

「あの人は日本中まわって菓子を学んできたんだ。だから、みんなが知らないようなめずらしい菓子をいっぱい知っているんだ。おはぎも食べただろ。長崎の一口香」

小萩に同意を求めた。

「本当に見た目も味も、よそにはないめずらしい、不思議なお菓子でした」

「それはつまり、あっちこっちでめずらしいもん、面白そうなもんをついてきただけってことじゃねぇのか？　箱が空っぽになって、もう見せるもんがなくなったらどうする？　菓子屋は十年、二十年続けてこそ意味がある」

「そんなこと言うなよ。鷹一さんはじいちゃんのことをいつも褒めてる。あの人は本物だ。菓子のことを分かっているって言ってるよ」

幹太は鷹一の肩を持つ。

「それは買いかぶりってもんだ。それほどのもんじゃねぇ。わしも若い頃は生意気で自惚《うぬぼ》れ屋だった。ちょっとばかし器用なのを、天賦《てんぷ》の才があるなんて勘違いしてた。あいつもそういうところがある。たしかにいい物を持っている、それは認める。だけど、それを大きな花に咲かせるか、つぼみのまんま落としちまうかは、あいつのこれからの精進によるな」

「ふうん」

幹太は分かったような、分からないような顔で返事をした。

「年寄りのざれごとだと思って聞いてくれ」

弥兵衛はお茶を飲んだ。

「お前の母親のお葉には、四つで死んだ花太郎《はなたろう》という兄さんがいたことを聞いているだろ。その頃、わしは船井屋《ふないや》本店にいて、亡くなった先代といっしょに茶席菓子をつくっていた。気難しいお茶人がいてね、いい加減なものを持って行くと、雷が落ちた」

「その話はばあちゃんからも、もう何度も聞いたよ。古い職人がみんな逃げてしまって、じいちゃんと先代で茶人の菓子をつくったんだろ。苦労したけど、その分、うんと腕が上がったんだ」

幹太が言った。小萩も何度か聞かされて覚えている。

秋の松林に吹く風のような菓子といわれて、饅頭に松の焼き印を押していって怒鳴られた。晩秋の淋しい風情を菓子にこめろという意味だった。

夏の早朝の日差しだ、池に映る月だと言われて、その言葉が表す情景を知るために、船井屋本店の蔵にある掛け軸を見せてもらい、和歌の手ほどきを受けた。

「先代は菓子屋の息子だから菓子のことは詳しいんだ。わしは腕のほうはそこそこだけど、人が気づかないようなことに目が向く。二人合わせるとちょうど良かったんだ」

「大名や旗本がいらっしゃる茶会からも注文を受けたんですよね」

小萩がたずねた。

「そうだよ。それで、わしは得意になった。どこそこの殿様に褒められたなんていわれると有頂天になった。なんか、すごいことをしているような気持ちになっていた。だけどさ、人間、得意になったときが危ないんだ。足をすくわれる。今の鷹一もそんな風に得意になっているんだろ」

「まあね」

幹太はつま先で地面をひっかいた。

「わしは一番大切なものを持って行かれた。ある日、花太郎が熱を出したから、家に戻って来てほしいと使いが来た。だが、茶会の菓子を用意している最中だった。菓銘は花の王。牡丹のことだ。頭の中にはもうとっくに出来上がっている。だけど、形になんねぇ。時刻だけが迫って来る。わしはいらだっていた。この忙しいのになんだ。亭主の仕事をなんだと思っている。大事なときに熱を出した花太郎や、使いをよこしたお福に腹を立てた。だから、帰らなかった」

弥兵衛はこぶしを自分の膝に押しつけた。ぐっと奥歯を嚙みしめ、何かをこらえているようだった。

「家に戻ったのは翌日だ。家の中が妙にしんとしている。今、帰ったよ、花太郎は元気になったか？　わしはたずねた。振り返ったお福の顔をわしは一生忘れねぇな。目も鼻もなくなって真っ白な紙に見えた。魂が抜けてたんだよ」

小萩はそっと幹太の様子をうかがった。幹太は体を固くして弥兵衛の話を聞いていた。

「なんでって、思った。俺はこんなに一生懸命働いて、いい仕事をして、それなのに、なんで子供の命がとられるんだって腹が立った」

それはやがて悲しみになり、怒りは自分に向いた。くよくよと思い悩み、その思いをふっきるように仕事に向かった。

だが、ある日、とうとう心と体の均衡がとれなくなり、船井屋本店を辞めた。

「心が折れちまったのか？」

幹太がたずねた。

「そういうことだ。少し動くとひどく疲れるんだ。仕方ねぇから、家でごろごろしている。夜になると、このまま寝たり起きたり、半病人みたいにして爺《じじい》になるのかと思って寝らんなくなる。そんなとき、お福がどこからか饅頭をもらったんだ。田舎のなんでもない饅頭でさ。縁側に座ってお日様の光を浴びながら熱い番茶を飲んで、饅頭を食べた。うまかったよ。わしは今までたくさん菓子をつくって、みんなに褒めてもらったけど、こんな風にやさしくて、あったかい味のする饅頭をつくったことがあったかなって思った。それでやっと気がついたんだ」

弥兵衛はしみじみとした調子で言った。小萩は弥兵衛の節くれだった指を見た。それは、長年働いてきた職人の手だった。腕ひとつで自分の見世を出し、家族を支え、みんなを喜ばせて来た。誠実で一途、正確に働く手だった。

「わしが夢中になっていた茶席菓子っていうのはさ、広い、大きな菓子の世界のほんの一部だ。殿様に食べてもらったからって、自分が偉くなったわけじゃねぇ。そこんところ、勘違いしちゃだめだ。それを教えてくれたのが花太郎だ。菓子はうまいよ。あれば楽しいよ。だけど、飯の代わりにはなんねぇ。米屋とか、大工とか、世の中になくちゃならねぇ商売があるけど、菓子屋は違う。おまけなんだ。だから、偉そうにしちゃだめだ。頭を低くしてさ、どうしたら喜んでもらえるのか一生懸命考えるんだ」

幹太は何か言いたそうに口をとがらせたが、黙っていた。

「赤ん坊に背負わせる一升餅から始まって、お宮参り、七五三って餅だの菓子だの配るだろ。菓子は人の一生に寄り添って、喜び、悲しみを共にする。そういう菓子屋になりたい。そう思って二十一屋ののれんを揚げた。花太郎が命にかえて教えてくれたことを忘れないように、のれんには花の王様、牡丹の花がある」

「だから、二十一屋は大福を大事にしているんですね」

「そうだよ。大福は餅菓子だ、お客に出す菓子じゃねぇなんて言う人がいるけど、大福食べて怒る奴はいねぇよ。ああいう安くておいしくて気取らない菓子がいいんだ」

「それじゃあ、じいちゃんもおいらが鷹一のところに行くのは反対か？」

幹太はたずねた。

「反対はしねぇ。だけど、お前は二十一屋の息子だ。それを忘れるな」

弥兵衛はよっこらしょと立ち上がった。

四

牡丹堂の名物は豆大福だ。小豆の皮がぴかぴか光っているような粒あんを、やわらかくて、しかもこしのある餅で包んだものだ。赤えんどう豆の塩気が甘さにちょうどいい。毎朝、店を開ける前からお客さんが来て、いつも昼過ぎには売り切れてしまう。

豆大福を包むのは、朝一番の仕事だ。

おかみのお福と小萩があんを丸め、徹次と伊佐が餅で包み、幹太と留助が番重に並べる。弥兵衛は気の向いた時に加わる。

それがすむと朝ごはんだ。

台所の脇の板の間に全員が集まる。徹次と留助、伊佐、幹太も加わって今日の段取りを打ち合わせる。

「祝い菓子の注文があって、そのほかに紅白饅頭が五十箱。羊羹が二十棹。えっと、今日は結構、数があるな」

ご飯をよそいながら聞くともなしに聞いていた小萩は、なぜか急に胸がどきどきしてきた。何か大事なことを忘れているような気がした。

あれ？　おかしい。なんだっけ。

突然、三枡屋の小僧の顔が浮かんだ。大変だ。顔がかっと熱くなった。

「すみません」

小萩は叫んだ。

「どうした？」

徹次が顔を向けた。

「昨日、三枡屋さんから注文の饅頭、一日早く用意してくれって言われたんです。十箱、百二十個。昼までに届けてほしいと言われています。すみません、忘れてました」

「いつ聞いたんだよ」

伊佐の声がとがる。

「昨日の昼過ぎです。三枡屋さんの小僧さんが書き付けを持って伝えに来ました。その紙は箱に入れて、でも、仕事場に伝えるのを忘れました」

「おいおい、どうするんだ。あんこが足りないよ」

いつも穏やかな留助もさすがにあわてている。

「ちゃんと、自分の仕事をしろよ。何やってんだ」

伊佐が強い調子で言った。

「申し訳ありません」

小萩は板の間に頭をすりつけた。

あんを炊くのは時間がかかるし、炊きたての熱いままでは使えない。いつも、翌日の分を前の晩に炊いて冷ましておくのだ。

「おはぎ、ごめんな。おいらのせいだよな」

幹太が小声でささやいた。幹太のこともあったし、都鳥の菓子のこともあった。気持ちがあっちこっちに行って忘れてしまった。だが、そんなことは言い訳にならない。

「起きちまったことは仕方がない。とにかく、注文の品を用意するのが先だ」

お福が言ってみんなも立ち上がった。

仕事場に集まっていまある材料を確かめる。饅頭の皮に使ううどん粉は十分あるが、やはりあんが足りない。

「あんこだけ、どこからか融通つけてもらうか」

弥兵衛が言い、「仕方ないですね」と徹次もうなずく。

「それじゃあ、うちの饅頭にならないよ」

幹太が声をあげた。

弥兵衛は分かっているよ、安心しなというように、幹太の肩に手をおいた。

「神田に千草屋という店があるんだ。そこの主人はいっしょに船井屋本店で修業した仲で、あんこの味も似ているんだ。小萩、わしが文を書くから、それを持って行ってあんこを分けてもらえ。生あんがあれば生あんで、なければ小豆こしあんでもいい。重くなるから、幹太も一緒に行け」

小萩と幹太は弥兵衛の文を持って出かけた。

今川橋《いまがわばし》を渡って神田に入ると、幹太は軽く背伸びをした。

「生あんが分けてもらえればいいな。そうしたら、すぐあんこになるし、味もいつもと変わらないように出来るから」

すっかりのんきな顔になっている。小萩はそののんきさが少しうらめしい。

「伊佐兄のやつ、相当、いらいらしてんな。昨日も、おいらが鷹一さんのところに行って遅くなったの知って、頭に来てんだ」

昨日、帰ったときには羊羹は出来上がっていた。弥兵衛が一緒だったから叱られなかったが、伊佐はそれからずっと不機嫌だった。

「伊佐兄、白吹雪饅頭を真似ていろいろつくっているんだけど、うまくできねぇんだよ。おいら、横で見てたけど黙ってた」

「つくり方は鷹一さんに教えてもらったんでしょ。教えてあげればいいのに」

説教臭い言い方になった。

「やなこった。天下無双の話するだけで怒るもん。ほんとは、伊佐兄も鷹一さんのところに菓子を習いに行きたいんだ。だけど、おやじの手前があるから行かれない。それで悔しいんだ」

幹太は口をとがらせた。

「じいちゃんはさ、人の一生に寄り添う菓子屋でありたいなんて言うけどさ、それはじいちゃんが船井屋本店にいて殿様にも褒められた職人だったから思うんだよ。おいらだって、殿様に褒められたいよ。日本一の菓子職人とか言われたい」

「二十一屋でも、茶席菓子をつくっているじゃないですか。幹太さんが頑張ればいいことでしょ」

「それがそう簡単にいかねぇんだよなぁ」

幹太は大人びた顔をした。

「昨日、じいちゃんが言ってただろ。船井屋本店の先代は菓子に詳しくて、じいちゃんは新しいことを考えるのがうまくて、二人合わせて丁度良かったって。うちも昔はそうだったんだ。お袋は思いつきがよくて、新しいことを思いつく。それを菓子の形にまとめるのがおやじだったんだ。だから、お袋がいなくなると新しい菓子が出来なくなった」

小萩はお葉の菓子帖を思い出した。

あの菓子帖はお葉の知恵を集めたものだった。

「鷹一さんも新しいことを考えるのが得意で、牡丹堂にいた頃はお袋と考えた菓子を見せあったりしたんだって。おいらもそういう人がいればいいけど、伊佐兄は違うだろ」

伊佐は徹次とよく似ている。新しい菓子を考えるのは少し苦手だが、菓子については詳しく、技を磨くことにも熱心だ。

「だから、鷹一さんのところに行くと、楽しいんだよなぁ。当分、やめられないよ。いくら伊佐兄が不機嫌になってもさ」

今の幹太に何を言っても無駄らしい。小萩はため息をついた。

千草屋は古く小さいが、趣のある見世だった。見世の前は打ち水がしてあって、今にも咲きそうなつぼみをつけたさつきの鉢が置かれていた。裏の仕事場から小豆を炊く香りが漂ってきた。

子供を連れた若い母親がやって来て、団子を買って行った。お客の応対をしている娘が何か一言二言話し、笑った。花が咲いたような笑顔だった。

うりざね顔に大きな黒い瞳、すっとまっすぐな形のいい鼻。ふっくらとした唇は明るい色をしていた。首筋は細く、藍色の着物に同じく藍の帯をしゃきっと結んで、半襟だけが白だった。それが娘の清潔な感じによく合っていた。

「日本橋の二十一屋からお願いがあって参りました」

小萩が弥兵衛の文を取り出すと、娘は小さな手で受け取り、奥に入っていった。しばらくすると、主人の作兵衛《さくべえ》が出て来た。弥兵衛よりは十歳ぐらい若く見えた。娘は一人娘のお文《ふみ》だった。

「事情は分かりました。困ったときはお互い様ですからね、すぐ用意いたしましょう」

生あんと小豆こしあんは十分な量があった。小萩と幹太はていねいに礼を言った。

「弥兵衛さんに、お暇なときには、またこちらにもお寄りください。ゆっくり語り合いましょうとお伝えください」

作兵衛が笑顔で言った。

小萩たちはまた、急ぎ足で見世に戻った。

弥兵衛が千草屋に行けと言った意味が分かったような気がした。あの見世も人の一生に寄り添う菓子屋の一つなのだろう。けっして大きな立派な構えではない。だが近所の者がひとつ、ふたつと気軽におやつを買いに行くだろうし、法事や祝言といった節目の時には欠かせない。長く大事にされる見世だ。

本石町通の角まで来て、ひょいと見ると天下無双ののぼりが見えた。相変わらず人でにぎわっている。

華やかだが、騒々しい。

売っている人も、お客もつま先立っているようだ。

流行りの見世になればたくさんの人が来るけれど、そういう人たちはまた新しい流行りを追って去って行ってしまう。引き留めるためには、次々、新しい流行りをつくりださなくてはならないだろう。

幹太は鷹一に心酔し、天下無双の華やかさに惹かれているが、天下無双の足元は思いのほかもろいのではないだろうか。小萩は不安を感じた。

見世に戻ると、仕事場で徹次と留助、伊佐が忙しく立ち働いていた。

「ただいま、戻りました」

大きな声を出すと、みんなが同時にこちらを見た。

「あんこはどうだった。分けてもらえたか」

徹次がたずねた。

「はい。十分な量をいただけました」

すぐにあんを丸め、皮で包み、蒸籠に並べる。蒸しあがったものは冷まし、箱に詰める。小萩もお福と並んで懸け紙をかけて、ひもで結んだ。

なんとか昼前に用意して伊佐が届けた。

ほかの注文の菓子も出来上がった。みんなほっとしたように息をした。


夕方、井戸端で洗い物をしていると、徹次が来た。

「幹太を見かけなかったか？」

「いえ。こちらには来てません」

「そうか」

そのまま何も言わず立ち去ろうとした。

「今日は、本当に申し訳ありませんでした」

小萩は頭を下げた。

「そうだな。気をつけてくれ」

徹次は何気ない調子でたずねた。

「幹太はまた、天下無双に行ったのか？」

「そうかもしれません。すみません」

もう一度頭を下げた。

「小萩のせいじゃない」

徹次は少し淋しそうな顔をした。

初夏　かすていらに心揺れ

一

小萩が日本橋に戻って二月《ふたつき》が過ぎた。若葉の色もすっかり濃くなった。

この頃、気にかけていることがある。それは見世に立つときも、仕事場にいるときも、お福や徹次たちがどういう風にしゃべり、体を動かしているのか注意深く見ることだ。お福が馴染み客にかける何気ない挨拶にも心遣いがあるし、徹次たちのへらや箸の使い方にも工夫がある。その仕事ぶりが見たくて仕事場の床をふいたりしていると、「教えてやるから、ちょっとこっちに来い」と声をかけてもらったりする。

お菓子がどんどん好きになる。毎日が楽しい。

そんな日、姉のお鶴から文が来た。

「日本橋の暮らしにも慣れましたか？」とお手本のような読みやすいきれいな字で書いてあった。

名主の家に嫁いだお鶴はよく働いて舅姑にかわいがられ、もちろん夫婦仲もよく、実家にも折々顔を出し、万事そつなく過ごしているらしい。

「裏庭の梅の木に青梅がたくさんなったので、砂糖漬けをつくりました。残りは黄色く熟すまで待って梅干しにします」

青梅の砂糖漬けは砂糖をまぶして甕《かめ》に入れておくというだけの簡単なものだ。砂糖が溶けて青梅から甘酸っぱい汁が出たら出来上がり。青梅はお茶請けに、汁は水を加えて飲む。甘酸っぱさで暑さでだるい体もしゃんとする。

「こちらの家では青梅を半日水に漬けてあくを抜き、汁が出やすいように竹串で刺してから漬けます。おかあちゃんのやり方とはずいぶん違うんだなぁと思いました」

小萩は声をあげて笑った。

お時は何事も手早いが、その分少々手を抜くところがある。もっとも、宿屋の仕事は忙しいからそうでもしないと終わらない。

お鶴の文を読んだら、小萩も青梅の砂糖漬けをつくりたくなった。八百屋のかごの底の方に青梅を見つけ、お福に頼んで買ってもらった。

台所で壺を探していたら伊佐が来て、棚の奥の方にちょうどいい大きさの壺を見つけてくれた。

固く、丸く、傷一つない青梅を白砂糖の中で転がして壺に入れ、上から梅が見えなくなるまで砂糖をふって蓋をする。おかあちゃん直伝の手抜き、いやもとい、簡単青梅漬けである。

「ふうん。こんな食べ方もあるんだな」

「七日もすれば食べられるようになります。土用の頃には梅がやわらかくなって、嚙むと甘酸っぱい汁があふれてきます。それもおいしいです」

しゃべっている小萩の口の中につばがたまって来た。

出来上がった砂糖漬けを、朝のお膳にのせるとみんなが珍しがった。

「そういやぁ、吉原には甘露梅《かんろばい》ってのがあったなぁ」

弥兵衛が言うと、「あれはうまいそうですねぇ」とすかさず留助が合いの手を入れた。

青梅を塩漬けにしてから種を抜き、しその葉に包んで砂糖蜜と酒に漬けるもので、夏、廓《くるわ》の女たちが仕込み、年始の配り物などにするという。

「みんな、よく知っているねぇ」

お福の言葉に留助があわてて「いやいや、話に聞いただけですから」と首をふった。

「そうだ。梅干しそっくりの甘い菓子って面白くねぇか？」

幹太が目を輝かせて言った。すっぱいと思って食べたのが甘いお菓子だったら、みんなびっくりするだろうというのだ。お福が笑い、伊佐や留助も話にのってきた。それで徹次もつくってみようという気になったのだろう。小萩に言いつけた。

「梅干しを買って来てくれ。できるだけ、種類をたくさん」

赤じそで漬けた真っ赤な梅干しに、しそを入れない白干し、小梅のカリカリ梅からふっくらと大粒のものまで、小萩は漬物屋にある全部の種類を少しずつ買ってきた。

徹次はその梅干しを求肥に加えるつもりだ。

留助が白玉粉と砂糖を火にかけて煉って求肥をつくり、伊佐が梅干しを刻み、裏ごす。徹次が味をみながら梅干しと求肥を合わせる。その日は幹太もめずらしく仕事場にいて、みんなの周りをぐるぐる回ってあっちを手伝い、こっちを助けていた。

「よし」とか、「そら」とか、「こっち頼む」とか短い会話が交わされるだけなのに、四人の動きは息があって無駄がない。

しばらくすると、見世に立つお福と小萩のところに幹太が小皿にのせた梅の菓子を持って来た。小指の先ほどの小さな菓子は梅干しが練り込んであって甘じょっぱい。

「味は悪くないけど、見た目がもうひとつだね。これじゃあ、小梅に見えない」

お福がきゅっと指でつまむと、しなびた感じになった。

「砂糖をふったら塩がふいているように見えないかしら」

小萩が言うと、幹太がなるほどとうなずく。

経木《きようぎ》の舟に入れ、赤じそ漬けを一枚添えたら、本物の小梅の梅干しのように見えた。

翌日、見世の一番目につくところに、梅夫しと書いて並べた。

「あれ？　牡丹堂は梅干しも売るようになったのかい？」

お客の問いかけにお福はすまして答える。

「よおく見てくださいよ。梅干しじゃなくて、ぅめふし。一粒、お味見を」

箸でつまんでお客の手の上にのせる。

「すっぱいのは苦手なんだよ」とおっかなびっくり口に入れ、「なんだ、こりゃ。甘いじゃねぇか」と驚いた顔をする。

「酸味があって、おいしいだろ。梅は体にもいいんだよ」

お福が言えば、「面白れぇ。ちょっくら、あいつの家にも持って行ってやろうか」と買っていく。食べたお客が「だまされたぁ」と笑いながらやって来て、一折り買っていった。どうやら別の知り合いをびっくりさせるつもりらしい。物見高いのは江戸っ子だから、噂を聞いて次々と客が来て、たちまち用意した十数折りを売り切った。

一番うれしそうな顔をしたのは幹太だった。

「おいらが考えたんだよ。おいらが面白いって最初に言ったんだ」

何度も言った。

天下無双の白吹雪饅頭が話題になって、二十一屋でも何か話題になるような新しい菓子をつくりたいと言っていた伊佐も喜んでいる。

翌日は倍の量をつくり、さらに次の日はその倍もつくり、すべて売り切った。梅夫しを牡丹堂の初夏の定番にしようかという話も出た。

だが、それも三日ほどのことだった。


朝一番に来たお客が言った。

「例の天下無双さ、お宅に喧嘩売っているんじゃないの？　あっちも、梅干しみたいな菓子を売り出したよ」

すぐに小萩が買いに走った。

蓋付きの小さな壺の中に赤い梅干し……ではなく、大粒の求肥の菓子が入っていた。ちょっと見には、水気が抜けてしわが寄った梅干しそっくりである。

よく出来ている。

白い紙に菓銘が書いてあった。

「梅の雫《しずく》」

お福が口に入れる。続いて、小萩もひとつ食べた。

最初に梅の味が来た。口がとがりそうにすっぱい。すぐ後に求肥の甘さがあって、最後に白あん。どうやら梅干しの汁と砂糖を煮詰めて求肥の表面にからませているらしい。梅干しの味がくっきりとある。しかも塩気も酸味も、甘みもほどよい。

梅の雫が原色なら、牡丹堂の梅夫しは淡彩のようだ。梅の雫を食べた後ではすっかり印象が薄くなってしまう。

お福の口がへの字になった。

「なにを、こしゃくな鷹一め」

芝居がかった調子で言うと、「みんなにも、見せておやり」と小萩に壺ごと手渡した。

天下無双の新しい菓子だと言うと、みんな仕事の手を止めて、小萩の周りに集まって来た。

壺を開いて中の菓子を見せる。

「なんだよ。うちのまんま、真似じゃねぇか」

「知恵がないよな」

留助と伊佐は笑いながら菓子を口に入れ、一瞬黙った。

幹太は小さく「ちぇ」とつぶやいた。

伊佐はむっとした顔で「面白くねぇな」と言った。

徹次は一瞬、淋しそうな顔をした。

だが、すぐいつもの顔つきに戻り、何事もなかったようにかまどの前に立った。

「みんなどうした？　手が空いてるぞ」

それぞれが持ち場につき、手を動かした。

しばらくして、仕事場に行くと幹太の姿が消えて、梅の雫の入れ物だけがぽつんと忘られたように置かれていた。

小萩はその壺を台所の棚に置いた。

煮物の用意をしていたらいつの間にか弥兵衛が来ていた。壺を取り出し、一つ口に入れた。

「ほう。鷹一の作か。なかなかよく出来ている。うちが小結《こむすび》なら、こっちは大関だ」

どっちの味方だか分からないようなことを言う。

「すぐに同じようなものを売り出すなんて、まるで嫌がらせですよね」

「ああ、まぁ、そうだなぁ。だけど最初に考えるのが難しいんで、後追いは楽なんだよ」

「それで向こうの方が評判よかったら、悔しいです」

「だから、簡単に真似されないようなものをつくらないといかんのだよ」

それじゃあ、悪いのは牡丹堂か？

「天下無双が出来てから、豆大福の売れゆき悪くなってますよ」

「そうか」

「いつも昼過ぎになくなるのに、この頃夕方まで残っています。旦那さん、なんとかしてください」

なぜか弥兵衛を責める口調になる。弥兵衛は困った顔になった。

「うちはうちのやり方でいいんだよ。ちゃんとした仕事をしていたら、お客は戻って来るんだ」

そうかもしれないが、それを待っているほどみんな気が長くない。

幹太はここ何日か見世の仕事に精を出していたと思っていたのに、また、天下無双に通いはじめた。そのうち徹次の雷が落ちるだろう。それを知っている伊佐はいらいらし、お福ははらはらしている。

小萩だって気が重い。

なんとかしてほしいと、思ってしまう。

「鷹一は淋しがり屋なんだ。俺はここにいるって言いたいだけだ。大丈夫、そのうち、収まるところに収まるから」

弥兵衛はのんきな様子で出て行ってしまった。


見世の方で訪《おとな》う声がして出て行くと、千草屋のお文が来ていた。

お文は以前会った時と同じ藍色の着物に藍色の帯をしめ、白の半襟、髪にはかんざしもない。だが、地味な装いがかえってお文の清楚な美しさを際立たせるようで、他のお客がお文の顔をちらちらと見ている。

「すみません。今日はお願いがあって参りました」

お福を呼び、奥の座敷に通す。小萩がお茶を持って行くと、お福は作兵衛からの文を深刻な顔をして読んでいた。

「それで医者はなんて言っているんだい？」

「ねんざだから十日ほど歩かずにいれば治るそうです。でも、そうなると古くからいる職人と見習いの子だけでは仕事が回りません」

「手伝いがいるわけか」

お福は顔をあげて小萩に言った。

「悪いけど、徹次さんを呼んでくれ。伊佐も」

二人が来ると、お福は事情を説明した。

「千草屋さんのご主人の足が治るまで伊佐を手伝いに出そうと思うんだけど、どうだろうね。毎日は無理だろうから、二日にいっぺん、昼からとかさ」

「いいでしょう。こっちの方はなんとかなりやす。都合をつけましょう」

徹次が答えた。

お文はうれしいのと、困ったのが入り混じったような顔になった。

「よろしいんですか。そこまでしていただいて」

「いいんだよ。この前、うちにあんこを都合してくれたじゃないか。困ったときはお互い様さ。千草屋さんの旦那とは知らない仲じゃないんだ」

「ありがとうございます。助かります」

ほっとしたように両手をついて頭を下げた。

小萩が台所に戻ると、留助が顔を出した。

「今、座敷に来ている人が千草屋のお嬢さん？　きれいな人だねぇ。月下美人の花みたいだ」

月下美人は夏の夜に開く、白い大きな南の国の花だという。

「真っ白で清楚で、いい匂いがするんだ。花の命は一晩だけなんだけどね、そこがまた、いいんだよ」

小萩が事情を説明すると、「なんだ、伊佐が行くのか」とがっかりした顔になった。

「なんなら、俺でもよかったのに。一緒にあんこ煉ったり、おしゃべりしたり」

「また、そんなこと言う。お滝《たき》さんに言いつけますよ。そんな風だから、おかみさんも伊佐さんに頼んだんですよ」

お滝は留助が足しげく通っている飲み屋の女だ。

ぶつぶつ言っている留助を仕事場に押し戻した。

お文を見送って見世の前に出ると、通りを歩く人の声が聞こえてきた。

「天下無双の梅の雫を食べたかい？　なんだ、まだかよ。面白いよ。あはは。どこが面白いのかは言えねぇよ。いっぺん、話の種に買ってみろ」

やっぱり天下無双か。

別の声も聞こえてきた。

「天下無双の人気にあやかろうと、あちこちで梅干しみたいな菓子を売り出した。牡丹堂は違うと思ったけど、なんかがっかりしたよ」

違います。牡丹堂が先です。天下無双はそれを見て、真似したんです。

追いかけてそう言ってやりたかった。

ふと見ると、幹太がいた。ふてくされた顔をしている。

「なんでぇ、おいらが最初に考えたのにさ。おいしいところを天下無双に持って行かれちまったじゃねぇか」

ああ、やっぱり憂鬱だ。

なんとかしてほしい。

そのとき、ぽつりと雨が落ちて来た。季節は梅雨に向かっているらしい。


夕方、徹次が大きな足音をたてて二階から下りて来たと思ったら、雨の中、どこかに出かけてしまった。戻ってきたときには、卵と上等のうどん粉を抱えていた。

「おい。かすていらを焼くぞ。今日の分の仕事、早く片付けちまえ」

幹太の顔がパッと輝く。伊佐は威勢のいい返事をし、留助が「お手柔らかにね」とでも言うように肩をすくめた。

徹次がつくるかすていらは長崎帰りの職人に教わったもので、特別に注文を受けたときだけ焼くものだそうだ。

「小萩は牡丹堂のかすていらを食べたことがないだろ」

伊佐がたずねた。

「まだです。かすていらそのものが初めてです」

「なあんだ、そうか」

留助が話に加わった。

「食べたら驚くよ。甘くてやわらかくて卵の味がする。焼いている時も、やさしいいい匂いがするんだ」

うっとりとした目になった。

かすていらは病気の時に食べるものだと、小萩は思っていた。お鶴が嫁いだ名主の家では、十年ほど前におばあさんが病気になり、見舞い客がかすていらを持って来たそうだ。おばあさんが一切れ食べ、残りを家族みんなで少しずつ分けた。子供だった朝吉が「世の中にあんなうまい物があるとは思わなかった」とお鶴や小萩に自慢し、うらやましがらせたのである。

伊佐は物入れの奥から、赤く光る銅のかすていら鍋を取り出した。

「材料も贅沢だけど、手間もかかるんだ」

そのかすていらをなぜ、突然、徹次がつくるかといえば、やっぱり鷹一のことがあるからだろうか。

幹太は天秤ばかりを取り出すと、大きな声で叫んだ。

「材料はおいらが測るからね。混ぜるのも、焼くのも、なんでも手伝うからね」

上等のうどん粉百二十匁（千五百七十五グラム）、唐三盆糖《とうさんぼん》二百匁（七百五十グラム）。卵十五個。それがかすていらの材料だ。卵を泡立てて、その泡の力で砂糖がたっぷり入った重い生地を持ち上げるのだ。

徹次が特大のすり鉢を取り出した。割った卵を入れ、砂糖を加えてすりこぎで混ぜはじめた。最初はゆっくり、ていねいに。砂糖が溶けてザラザラいわなくなったら、竹のささらに替えてかき混ぜる。

すり鉢を押さえる伊佐の額にも、すりこぎを回す徹次にも汗が浮かんだ。留助と幹太に交代してかき混ぜる。

やがて、卵液は細かな気泡を抱いて、白っぽく、もったりと膨らんできた。

うどん粉を加えると生地はさらに重たくなった。へらを動かすと表面に筋ができ、へらを持ち上げると、ぼたん、ぼたんと音を立てて落ちた。

ここでかすていら鍋の登場である。

かすていら鍋は銅でつくった深鍋で、ぴたりと閉まる平らな銅の蓋がついている。かすていらの製法を教えてくれた長崎帰りの職人から譲り受けたもので、この鍋がなければばかすていらは焼けない。

和紙を厚く重ねてつくった型に生地を流し、かすていら鍋に入れて蓋をし、火にかける。その蓋の上にも炭をおいた。

焼き時間は線香一本半だ。

銅鍋は上下の火で熱せられ、カンカンに熱くなり、近づくと顔が炙《あぶ》られるようだ。伊佐が脇に立って火の番をしている。

小萩はここまで来て、やっと徹次の考えが分かってきた。

かすていらを焼くには、職人が一人、もしくは二人、かかりっきりになる。天下無双は職人といえるのは鷹一だけで、あとは経験のない若い見習いだけだからかすていらを焼いたら、ほかの菓子がつくれなくなってしまう。

天下無双ではかすていらは焼けない。

後追いが出来ない。

やがて甘く香ばしい匂いが鍋から溢れ出し、仕事場に満ち、見世先から奥の座敷、台所へと流れていった。

小萩は自然に笑みが浮かんだ。幹太の脇腹をつっつく。

「なんだよ、おはぎ。気色悪いなぁ」

「もう、勝ったも同然」

「なんだ、それ」

幹太は横を向く。

「ほう、かすていらか？　いい匂いだ」

弥兵衛も顔を出した。

甘い香りがいっそう濃くなった。

「よし。いいだろう。蓋を開けるぞ」

徹次が言った。

鍋の中のかすていらはこんがりとこげ茶に焼けていた。中央がまるくふくらみ、周囲に向かってゆるやかな山形を描いている。

きれいだ。

小萩は思わず、ため息をついた。

口の中につばがわく。

だが、まだ出来上がりではない。

このまま一晩寝かせることでほどよく水分を含み、しっとりとやわらかくなるのだそうだ。

翌朝、小萩は暗いうちに目が覚めた。仕事場に行くと、幹太がいた。

「おはぎ、待ちきれないんだろう」

「幹太さんだって」

「うん。おやじには負けてほしくねぇからな」

幹太はまつ毛の長い、涼し気な目をしばたたかせた。

「へぇ。幹太さんは鷹一さんを応援しているのかと思った」

「ばあか。そんなことあるわけねぇよ。二人が勝負するならおやじに勝ってほしいよ」

「へぇ」

「だけどなぁ、おやじは真面目すぎる。もう少し、遊びってものがあったほうがいいんだ」

一体、誰の受け売りだろう。

「生意気言っている」

やがて伊佐が来て、徹次が二階から下りて来た。留助だけはいつも通りの時間に来るつもりらしい。

「なんだ、お前ら、ここで待ってるのか。仕方ねぇな。よし、味見をするか」

徹次が端の方を薄く切った。

小萩はあっと声をあげた。中はみごとな黄金色だった。

薄い一切れが手渡された。しっとりとしてやわらかく、甘い香りがする。口に含むと、濃厚な卵の味と甘さが一気に広がった。

うわあああ。

頬が赤くなるのがわかった。

「すげぇだろ」

幹太がにやにや笑った。

これがかすていらというものか。

朝吉が「世の中にあんなうまい物があるとは思わなかった」と吹聴するわけだ。

「これで勝ちますよ。天下無双をぎゃふんと言わせてやりましょう」

小萩が言うと、徹次は「べつに天下無双に対抗しているわけじゃねぇ」と渋い顔をした。

焼きあがったかすていらは見世の一番いい場所に並べた。すぐにお客が目をつけた。

「昨日のいい匂いの正体はこれかぁ」

「お客さん、すごくおいしいですよ。私は端っこを食べただけですが目が回って倒れそうになりました」

小萩は力をこめて言った。

「目が回って倒れそうか。面白い。よし、一つ、奮発するか」

お客は二切れ買って大事そうに持って帰っていった。

その後も、一切れ、二切れという風に売れて、昼前には売り切ってしまった。

「なんだ。今日の分はおしまいか。仕方ない、明日来るから、とっておいてくれよ」

そんな声がいくつもあった。

小萩はうれしくなった。


その日は伊佐がはじめて千草屋に手伝いに行く日だった。お福が「見世のことで手いっぱいだろうから」と焼き魚や煮物を折に詰めたので、それを持って小萩もついていく。

伊佐の足は速く、小萩は小走りになった。伊佐は難しい顔をしている。

「牡丹堂と同じにやってくれればいいと言っても、よその見世の仕事場は勝手が分からないからなぁ」

「前からいる職人さんに聞けばいいんじゃないんですか？」

「いや、俺が先頭に立って、その人たちを引っ張ってくれっていうんだ。いつも親方についているから、そんなことやったことないしなぁ」

また足を速める。

千草屋ではお文が待っていた。

「このたびはお世話になります。本当に助かります」

ていねいに挨拶された。

奥の座敷では、主人の作兵衛が背中に座布団をおいて足を投げ出して座っていた。

「こんな格好で申し訳ないねぇ。ちょっと体を動かすと響くんだよ。参ったねぇ」

お文に面差しの似た品のいい顔をゆがめて、苦く笑った。

あんを分けてもらいに来た時より少しやせたような気がする。鬢《びん》のあたりもこんなに白かったろうか。

小萩がお福に言付かった煮物や焼き魚を詰めた折を取り出すと、お文はひどく恐縮した。

「こちらが無理なお願いをしたのに申し訳ありません。おかみさんによろしくおっしゃってください」

何度も礼を言われた。

動けない作兵衛はお文にあれこれ指図をする。お文はお茶やお茶請けの漬物や昆布の佃煮《つくだに》を用意し、その間に見世のお客の応対にも出る。小萩がお茶の用意を手伝うと申し出たが、「お客様にそんなことをしていただいたら、私がおとっつあんに叱られます」と固辞された。

女中はおいていないから、お文は一日中、くるくると忙しく掃除、洗濯、料理をし、さらに見世に出て、仕事場にも気を配っているらしい。

仕事場は牡丹堂と同じくらいの広さがあった。道具もそろっているし、掃除も行き届いている。安治《やすじ》は年寄りと言っていい年齢の生真面目そうな男で、髪は白く、腰が少し曲がっていた。見習いの一太《いちた》は頰に幼さを残した十歳ぐらいの少年だ。

二人を見て、作兵衛が伊佐に仕切ってほしいと言った意味が小萩にも分かった。

「二十一屋の職人さんに来ていただければ安心だ。こっちもそのつもりでついていきますから、どうぞ、なんでも言いつけてくだせぇ」

安治がていねいに頭を下げれば、その後ろで一太も続く。

仕事にかかる伊佐をおいて、小萩は見世に戻った。


見世ではお福が待っていた。

「どうだった、千草屋は？」

「ご主人は座ったままでしたけれど、とてもお元気でしたよ。おかずを入れた折もお文さんが喜んで、みなさんによろしくと言われました。仕事場も見せてもらいましたけれど、使いやすそうでした。でも……」

「なんだい？」

「伊佐さん、ちょっと大変かもしれません。向こうの職人さんはお年の方が一人と、見習いが一人だけなんです」

「そうかい。それで、困ってうちに頼みに来たんだね。職人を貸してくれなんて、めったなことじゃ言わないものなんだよ」

お福は合点がいったとうなずいた。

「千草屋っていえば、神田あたりじゃちょいと知られた見世だったんだよ。二十年近く前になるけど、火事のもらい火で見世が焼けて今のところに移って来たんだ。あの旦那が一からやり直すって言って自分で仕事場に立った。たった一人、前の見世からついて来た職人がいたって聞いたけど、きっとその古い職人のことだよ」

小萩は安治の苦労人らしい深いしわのある顔を思い浮かべた。

「そうかもしれません。腰が低くて、私にもとってもていねいに挨拶されました。見習いの子も素直そうないい子でした」

「そうか、じゃあ、まあよかったね。伊佐にはいい経験だよ」

「小さな子がお団子一本って買いに来るお見世なんですね。私たちがご挨拶している間にも、そういうお客さんが何人も来ました」

「お文さんが応対しているのかい？」

「ええ。話している声が聞こえてきたんですけど、小さい子が来ると名前を呼んであげるんです。おかあさんには、『なんとかちゃんは、もう歩くようになりましたか？』なんてたずねる。後で聞いたら、お客さんのことを書いておく帳面をつくって覚えるんだそうです」

「なかなかできることじゃないねぇ。そういう積み重ねが、あの見世を支えているんだね」お福は感心したように言った。

仕事場に行くと、留助がかすていらを焼く箱をつくっていた。

「それで、千草屋はどうだった？」

同じことをたずねる。

「近所の人が何人も買いに来てました。お文さんはお客さんの応対がとても上手なんです。私も見習わなくちゃと思いました」

「それだけ？」

「はぁ？」

留助は手を止め、小萩の顔をまじまじと眺めた。

「小萩は心配じゃねぇのか。伊佐はあの見世でお文さんとずっと一緒なんだよ」

話が思わぬ方に転がって、小萩はどきりとした。

「でも……。お文さんは見世にいて、伊佐さんは仕事場です。それに職人さんと見習いさんが一人ずついますから」

もごもごと口の中で答えた。

「だから、なんなんだよ。あんただっていつかは嫁に行くんだろ。そのつもりだろ。だったら、ちゃんとそっちの方も本気を出さないと。隣の味噌問屋の奉公人のお絹《きぬ》ちゃん。あの子だって伊佐が好きで、一緒になるために相当本気出していたよ」

小萩は自分の頬が赤くなるのが分かった。

「伊佐はあの通りの男前だ。無愛想に見えるけど、あれでなかなか熱いところがあるんだ。この人だと決めたらよそ見はしない。まっしぐらだ」

そういう人だと、小萩も思う。

「私には関係のないことですから」

小さな声で答えた。

「それでもってお文さんは器量よしで働き者、親思いなんだろ。好きになるなって言うのが無理なくらいだ」

しかし、だからといって小萩は何をどう頑張ればいいのだ。

「あ、そうだ。おかみさんに糸を買うように言われていたの忘れていました。ちょっと出かけてきます」

小萩は逃げ出した。


本石町通に通りかかると、「かすていら」という声が聞こえた。

牡丹堂のことかと思ったら「天下無双」と聞こえた。本石町通をのぞくと、天下無双の見世の前に「紅巻きかすていら」というのぼりがはためいていて人が集まっている。

天下無双の見世には小女が立っていた。

「紅巻きかすていら四切れください」

包んでもらっていると、奥からあごに黒子のある職人が現れた。

「おや。牡丹堂の女子衆《おなごし》さんだね。今日からうちもかすていらを売るんだよ。おいしいよ。しっとりとして、口の中でとろけるようだ」

牡丹堂でかすていらを売り出したのが七日前。それなのに、もう天下無双でもかすていらを売り始めた。

これを嫌がらせと言わず、何という。

小萩はむっとしてかすていらの包みを受け取った。

それを抱えて牡丹堂に戻った。

仕事場の戸を開けると、徹次と留助、幹太がいた。

「天下無双でかすていらが出ていました。これです」

三人が同時に顔をあげた。

包みを開くと、ぱっと鮮やかな紅色が目に入った。中心は紅あんでその周りを薄く焼いたかすていらでくるりと巻いてある。あんの紅色、かすていらの黄金色、外側の焼き色の三色が目を引く。

「こう来たか」

留助が言った。

「いい色じゃねぇか」

幹太が不服そうにつぶやく。

「おそらく鉄板で焼いたんだな。これぐらいの厚さならかすていら鍋がなくても焼けるはずだ」

徹次は冷静な調子で言った。

紅巻きかすていらはたっぷりと甘く、卵の風味があって、しかも紅あんとの相性がよかった。こんな風に、あんと組み合わせることも出来るのだと小萩は知った。

しかし、小萩は悔しかった。

鷹一はどうしてこんな意地の悪いことをするのだろう。

やっぱり二十一屋が憎いのか。嫌いなのか。

十七年前、一体何があったのだ。

紅巻きかすていらは二切れ残り、お福が一切れ食べて最後の一切れは誰も手をつけない。

それで、小萩はまた台所の棚においた。

片付けをしていると、弥兵衛がやって来た。

「これが、天下無双の紅巻きかすていらか。うまいこと考えたな」

もぐもぐと口を動かしながら言った。

「どうですか？」

「うん、卵の使い方は上手だな。あんもかすていらを引き立てるよう、よく工夫してある」

「やっぱり大関ですか？」

心配になった。

「大関……。そうだな、大関にしてやってもいい。だけど、牡丹堂のかすていらは横綱に近い大関だ。あれほどのちゃんとしたかすていらを焼けるのは江戸では何軒もないはずだ」

ほっとする。だが、そういうことは、みんなにも言ってほしい。

「かすていらが評判よかったから伊佐さんも幹太さんも張り切っていたのに、なんだかとってもがっかりしていました」

「自分の知らないものは、なんでもすごいと思うもんなんだ。うちだって、その気になればあれくらいの菓子は出来るだろう。この程度でがっかりするようじゃ、あいつらもまだまだだな」

弥兵衛はのんきな様子で言うと、また、どこかに出かけて行ってしまった。

その晩、徹次はめずらしく外に飲みに出かけた。

小萩が台所の片付けをすませて二階にあがろうとしたとき、いつ戻って来たのか、井戸端に徹次が座っていた。静かに空を見上げていた。

声をかけると、徹次が振り向いた。

「小萩か、悪いね。水を一杯くれないか」

茶碗の水を徹次は一息で飲みほして、言った。

「人っていうのは変わるもんだな」

「鷹一さんのことですか？」

徹次は小さくうなずいた。

「あいつとは毎晩のように、ここで話をしたんだ。何の話をしたのかすっかり忘れちまったけれど。しゃべるのはほとんどあいつで、時々はお葉も加わって、よく笑った。鷹一がここにいたのは十年ほどだったから、出て行ってからの時間のほうがずっと長いんだけど俺にはつい昨日のことのようにも思える。楽しかったよ」

過ぎてしまった時間を懐かしむ目になった。

「仲が良かったんですね」

「そうだよ。いっしょに寝起きしてたんだ。時々、とっぴょうしもないことを思いつくけど、面白い奴だったんだよ。どら焼きの皮を、外はパリパリ中をふっくらにしたいなんて言い出して、三人であれこれ知恵をしぼった。鉄板に型をおいて種を流すんだ。紅巻きかすていらを見た時、その時のことを思い出した」

酒のせいか、その日の徹次は饒舌《じょうぜつ》だった。

「かすていらを焼くにはかすていら鍋を使うって教わると、俺はその通りする。かすていら鍋を使わずに焼く方法なんか考えようともしない。だけど、あいつは違うんだ。もっと別のいい方法がないか考える。あれとあれを組み合わせたらどうなるか？　それでちゃんと出来ちまうんだな。天賦の才っていうか、そういう特別なものがあった。旦那さんもそういう所を認めて、楽しみにしていたんだ。だけどなぁ……」

徹次は苦いものを噛んだような顔をした。

「十二の歳《とし》にここに来て、菓子のことを一から仕込んでもらった。その見世をあんな風に出て行って、今度は突っかかるような真似をする。腹が立つっていうより、悔しいっていうか悲しいっていうか。俺はいいんだ。何を言われても。だけど、旦那さんやおかみさんに仇《あだ》するようなことは許せない」

徹次はこぶしを強く握った。

十七年前に何があったのかと、小萩はたずねたかったが言葉にならなかった。

徹次とお葉が一緒になったからなのか。

それとも、花の王という菓子を封印した弥兵衛に対して何か不満があったのか。

家族のように暮らして来た人が出て行ったのだ。それは、あんなことがあった、こんなことがあったと簡単に言えることではなく、もっと複雑で混沌として、たとえていえば池に沈んだ泥のようなものかもしれない。

何かの拍子に池の水が動くと泥は浮き上がり水が濁り、隠れていた古い瀬戸物のかけらや魚の骨が現れる。

「もっと気遣ってやればよかったのかな。知らぬ間にあいつを傷つけていたのかもしれない。お葉に言われたことがある。俺は人の気持ちに疎《うと》いんだそうだ。なんでも言葉通り受け取ってしまう」

「違います。親方が人の気持ちに疎いなんてことはないです。小さなことにとらわれなくて、どしんと座って動かない。それが親方のいいところです。ちゃんと大事なところは見てくれているのが分かっているから、みんな安心していられるんです」

小萩はなかなか仕事に慣れることが出来なかった。あんを丸めるのもへただったし、見世に立ってもうまくお客の応対が出来なかった。そのくせ、気持ちだけはあれもこれもと焦っていた。

「すぐに何でも出来るようにはなれねぇ。いいんだ、ゆっくりやれば」

徹次に言われた。少し出来るようになると、一番に褒めてくれたのも徹次だった。小萩は徹次の大きな手の中にいて守られていると感じていた。それは小萩に力を与えてくれた。

その徹次をこんな風に苦しませ、悩ませる鷹一が憎らしかった。

鷹一は何をしたいのだろう。

小萩は空を見上げた。

厚い雲の隙間から、ぼんやりと月が見えた。どこからか犬の声が響いてきた。

二

伊佐は二日にいっぺん昼から千草屋に手伝いに行く。作兵衛の足はなかなか良くならない。梅雨に入って蒸し暑いかと思えば、肌寒い。そんな気候がこたえるのか、作兵衛はますます痩せて顔色が悪くなった。十日の約束がもう二十日である。

伊佐は千草屋の仕事にもなれ、安治や一太とも親しんで仕事を進めているらしい。

小萩は時々、お福に言われて総菜などを持って行った。

その日、お福がつくった葉唐辛子の佃煮を渡すと、お文はいつものように恐縮した。

「もう、本当に、これっきりにしてください。うちでは何もお返しできないので申し訳ないんです」

「いいんですよ。うちのおかみさんは人に物をあげるのが好きなんです。この葉唐辛子もめずらしくおいしく出来たって自慢していましたから。喜んでもらえるのがうれしいんです。気にしないで召し上がってください」

「そうですか。ほんとによろしいんですか?」

「はい。旦那さんも船井屋本店時代からの仲だからって言っています」

お文はようやく葉唐辛子の包みを受け取った。藍の着物にその日は赤い帯を合わせていた。それがよく似合って、かわいらしく見える。

「この前、お客さんに言われたんですよ。千草屋のあんこは活きが良くなったって。活きが良くなったって、魚屋じゃあるまいし」

お文はくすくすと笑った。こんな明るいお文を見るのは初めてだ。

帰りがけ、井戸端に来ると安治が水をくんでいた。腕に力が入らないのか、桶を持つ手が震えていた。

「手伝いますよ」

「いや。そんなわけにはいかねぇ」

「大丈夫です。いつもやっていることですから。そこで休んでいてください」

桶を取りあげて水をくんだ。

安治は石の上に腰をおろし、胸に手をあてている。息が苦しそうだ。

「大丈夫ですか?」

「すまねぇ。ちょっと休めば大丈夫なんだ」

安治は目をつぶった。しばらくすると息もふつうになり、顔に血の色が戻ってきた。

「すみませんねぇ。最近、とんと意気地がなくなってねぇ。だけど、こんなことはめったにないんですよ。たまたまなんだ。だから、旦那さんやお嬢さんには言わないでくださいよ」

「分かりました。言いません。だから、無理をしないでくださいね」

小萩は言った。


何日かして、また届け物を持って千草屋に行くと、仕事場からお文の笑い声が聞こえて来た。中をのぞくと、ちょうどお茶の時間で、お文と伊佐、安治と一太が休んでいた。

「おや、小萩さん。ちょうどいいところにいらしたわ」

お文が笑顔を向けた。

「いやね。今、昔話をしていたんですよ。まだ、あっしが奉公に入ったばかりの頃の話。五十年よりもっと前のことだ」

当時の千草屋には大きな蔵があって、そこには掛け軸や来客用の器や、大事な物がしまわれていた。

「まだ旦那さんは六つになったかならないか、あっしもそんなもんだ。その日はなぜか手があいて、子供らで追っかけっこをして遊んでいた。夢中になって、ちょうど蔵から出て来た女中とぶつかった。女中は転んで、木箱を落とした。あわてて中を改めたら、中の一枚は真っ二つ。後の二枚はかけらになって、ひびが入ったやつもある。女中は真っ青になった。先代のお気に入りで、それはそれは大事にしていた皿だったんだ」

先代は厳しく、恐ろしい人だった。

「そうしたらね、旦那さんが言ったんだ。自分が割ったことにする。追っかけっこしようって最初に言い出したのは自分だからって」

「でも大事な息子だから、先代もそんなに厳しくはしなかったんでしょう？」

小萩はたずねた。

「それが違うんだ。飯抜きで一晩物置に入れるって言ったんだ。物置ってのは、古くて暗くて、おっかないところでさ。旦那さんは口をこうへの字に曲げてね、泣きそうになるのをこらえている」

「だけど、女中さんにぶつかったのは安治さんだろ」

伊佐が言った。

「そうなんだよ。だから恐る恐る、本当は自分がぶつかったんですって言った。もう、しょんべんもらしそうだった。それで、結局、二人でその晩、物置で過ごした」

ははは、と一太が笑った。

「そんなことがあったんですか」

お文がしみじみとした調子で言った。

「そうなんですよ。あっしと旦那さんはね、そういう間柄なんです」

その言い方は少し誇らしげだった。

帰りがけに井戸端を通ると、安治が地面に座って休んでいた。

「はは、また、こんなところを見られちまったなぁ」

「いいんですよ。どうぞ、ごゆっくり」

「二十一屋さんでは、伊佐さんを外に出したりはしないんでしょうねぇ」

安治が言った。

「外というと？」

「ずっとこっちに居てもらえたらいいなぁって思ってさ」

「まぁ、どうなんでしょうねぇ。私では何とも言えませんけれど」

「そうだよね」

何度もうなずいた。

「いやね、この頃、お嬢さんが笑うんですよ。心から楽しそうにね。五年前におかみさんが亡くなって、それからお嬢さんは笑わなくなった。いつも難しい顔をして働いていた。

だけど、この前、二人でおしゃべりしている時の顔を見たら、ほんとうにやさしくて明るかったんだ。あっしや旦那さんじゃあ、お嬢さんのああいう笑顔を引き出せない。あの若い人なんだからだって思ってさ」

「そうですか」

胸の奥がしくりと痛んだ。

二人はそんな風に近づいて、心を通わせていたのか。

また何日かして、小萩はお福に言われて千草屋をたずねた。田舎から送ってきた干物のお裾分けである。

作兵衛が顔を出した。

「おや、小萩さんだね。よく来たねぇ。今、お文は使いに行ったからちょっと待ってくれね」

座敷にあがると、作兵衛は古い書き付けの山を見せた。

「納戸に古い柳行李《やなぎごうり》があったから、開けたら色んなもんが出て来たんだよ」

作兵衛が取り上げたのは古い菓子帖だった。

「これは婚礼の祝い菓子。こっちは結納だね」

三方《さんぼう》にのせた大きな鯛や松竹梅の豪華な祝い菓子が描かれている。

「それからこれは百味菓子《ひやくみがし》」


陰陽道では人の一生は十二年周期の波があって、良いことばかり続く七年「有卦《うけ》」の後に、悪いことが続く五年の「無卦《むけ》」があるとされる。公家や裕福な商人は掛が変わる年に厄除けや招福の願いをこめて百種の菓子を配った。これが百味菓子だ。

「それから、これは……。注文を書いたやつだな」

作兵衛は別の帳面を開いた。日付とともに注文した人の名、菓子の名前と数などが書いてある。

「悪いが、小萩さん、ちょっと手伝ってくれるかな。菓子帖はこっち。この帳面はそっちにおいてくれ。後でお文にいらないもの焼いてもらうから」

作兵衛は仕分けを進める。残しておく方の山は小さく、捨てるものの山はどんどん高くなった。

「なんだ、こんなもんも出て来た」

それは千草屋の見世を描いた古い錦絵だった。

瓦屋根に格子窓、丸に千と抜いたのれんがかかり、見世の脇には白壁に大きな蔵もある。見世先にはたくさんのお客が描かれていた。

「私の親父が見世を直した時に描かせたんだね。奥の帳場にいるのが親父。その脇に座っているのが五歳の私だ。ああ、これは捨てる方だ」

「とっておかなくて、いいんですか？」

「持ってても仕方ねぇよ」

作兵衛はさっぱりとした顔で言った。


その日は伊佐の仕事が早く終わったので、いっしょに牡丹堂に戻った。

梅雨の晴れ間で、夕暮れにはまだ少し時間があり、つばめが黒い影となってすばやく飛んでいった。

「今日は旦那さんの片付けを手伝いました」

「そうらしいね。俺は昔の菓子帖をもらった。大事なものだからいただけませんって断ったけど、どうしてもって言うからさ」

伊佐はもらった菓子帖を風呂敷に包み、大切そうに抱えている。

「俺は幸せもんだ」

唐突にそう言った。

「どうして？」

「いい人にばかり出会う」

「それは伊佐さんがいい人だからですよ」

「そうとも限らないよ。いい人に出会えるかどうかは、運もある。お袋はその運がなかった」

「そうかもしれませんね」

小萩は伊佐の母親の姿を思い出して言った。

伊佐の母親は幼い伊佐を残して家を出て行った。十年ぶりに姿を現した母親は疲れた顔をしていた。荒《すさ》んだ暮らしぶりが、身のこなしや口ぶりにうかがわれた。

お福のような人が傍にいたら、牡丹堂のような場所があったら、伊佐の母親は踏みとどまれたかもしれない。そうしたら、その後の人生はまったく違ったものになっただろう。

伊佐の目に悲しい色が浮かんでいた。

「あのころ、みんなが俺のことをかわいそうだって目で見た。なんてひでぇ母親だ、鬼のようだなんて言う奴もいた。俺はそういうのに腹が立った。悔しかった。お前たちはお袋の何を知っているんだって思った」

伊佐はいつにない強い調子で言った。

「だけど牡丹堂では誰一人、お袋の悪口を言わなかった。かわいそうという目でも見なかった。最初の日、親方に言われたんだ。これから俺が菓子の仕事を教えてやる。しっかり覚えて一人前の職人になれ。そうすれば、こんどはお前がお袋さんを守ってやれる。二人で暮らせるようになる。その時、俺は光が射したような気がした。そうだ俺が守ってやればいいんだ。俺がお袋を幸せにするんだって思った。うれしかったよ。あの言葉を忘れない」

「伊佐さんは親方のことが、大好きなのね」

「そうだよ。親方もそうだし、旦那さんもおかみさんも、牡丹堂の人全員が好きだ。毎朝、一仕事終えて、朝飯食うだろ。よかったなぁって幸せな気持ちになる」

「それは、ご飯と味噌汁がおいしいからです」

小萩が言うと、「そうか、小萩もいたな」と伊佐は笑った。

今川橋を渡って神田から日本橋に入り、本石町通に差し掛かった。天下無双の見世の前は相変わらず人だかりができている。

「だから、鷹一って人もさ、本当は牡丹堂を出たくなかったんじゃないかと思うんだ」

伊佐がぽつりとつぶやいた。

「あの人は俺と同じように帰る家をなくして牡丹堂に来たんだろ。出て行ったのは二十二歳だ。この見世で学ぶことはないなんて、嘘だよ。そんなこと、あるわけねぇ。やっといろいろ分かって来て、面白くなってきたところなんだ」

「言葉と気持ちは違うっていうこと？」

「そうだよ。人は心と裏腹なことを言う。そう言うしかないからだ。かっこつけたいとか、そう言っておけば角が立たないとか、傷つけないとか。いろいろあるだろ」

「鷹一って人に何度か会ったけど、あんまり悪い人に見えなかった」

「当たり前だよ。あの見世で暮らしてたんだぜ。旦那さんやおかみさん、お葉さん、みんなと同じ釜の飯を食っていたんだ。そんな妙な奴になるわけねぇよ」

だったら、どうしてあんな風に意地の悪いことばかりするのだ。

二十一屋に未練があるのか、弥兵衛やお福に振り向いてほしいのか、それともどうしても許せないことがあるのか。

徹次の淋しそうな顔が思い出された。

見世に戻って片付けをしていると、留助がにやにやしながらやってきた。

「おい。伊佐が菓子帖をもらって来たぞ。よっぽど気に入られたんだな」

「旦那さんが古いものを片付けたんですよ」

小萩は相手にならないように背を向けた。

「だけど、菓子帖だぞ。どこの菓子屋だって大事にして子々孫々に伝えるもんだ」

「私は片付けを手伝いましたから知ってます。菓子帖は何十冊もありました」

なぜか、つんけんしてしまう。

「こりゃ、あれだな。向こうも相当乗り気だな。いいよなぁ。毎日、月下美人を眺めるのかぁ」

留助も意地が悪い。

何を言いたいか分かっているから、小萩は留助をおいて仕事場に戻った。

仕事場の隅に花の絵ばかり集めた草紙があった。

ぱらぱらとめくると月下美人という文字が目に入った。

「孔雀仙人掌《くじやくさぼてん》。夏の宵に白い大きな花をつけ、明け方にしぼむ」と書いてあった。羽根のような花びらをつけた花は美しく豪華だった。

藍色の着物に身を包んだお文は、ひっそりと夜に咲く一輪の花にふさわしい。なるほど月下美人だ。留助はうまいことを言う。

小萩は腹立ちを忘れて感心した。

またぱらぱらめくると、萩とあった。

枝の先の小さな花が描かれている。

「山野に生ずる灌木。秋の七草にかぞえられている。山萩、野萩、小萩」

いかにも花が地味だ。山野に生ずる。山育ちということか。

俳句が書いてあった。

「一つ家《や》に遊女も寝たり萩と月　芭蕉」

ずいぶん淋しい句だ。

「黄昏や萩に鼬《いたち》の高台寺　蕪村」

鼬ですか……。

もう少しかわいらしい句はなかったのだろうか。

がっかりして草紙を閉じた。


その日、小萩が千草屋に行くと、安治の姿はなく、見習いの一太は外で豆を洗っており、伊佐が一人であんを煉っていた。

かまどの火は熱く燃えて、銅鍋ではこしあんが煮えたぎって大きな泡がぷくん、ぷくんとはじけていた。伊佐も持つへらは重そうで、額には大粒の汗を浮かべている。

「手伝いますか？」

小萩が声をかけると、伊佐がこちらを向いた。

「悪いな。金《かね》の盆を用意してくれねぇか」

あんこ炊きは最後の山場にかかっている。へらにかかる重さ、泡の大きさ、音、香り、熱。五感のすべてを使って、ほどよく水分を含んだ炊き上がりの瞬間をとらえるのだ。

ここだというその時が来たらしい。伊佐はすばやく鍋を火からおろし、あんをへらでひとすくいして、盆においた。

先のとがったきれいな三角の山が出来た。

「ちょうどいい頃合いだ」

慣れた手つきで次々すくって盆におく。たちまち何枚もの盆にあんの山が並んだ。

伊佐はへらをおいて一息ついている。

「安治さんはどうしたんですか?」

「胸が苦しいっていってさっき、帰ったんだ。昔から心の臓が悪かったらしい」

「じゃあ、しばらく安治さんは休むんですか?」

小萩の声がひっくり返った。

「明日は来るっていってたけどな。年だから仕方ないんだ。ずいぶん、無理をしていたらしいし」

「だって、それじゃあ……」

伊佐は本当に牡丹堂に帰れなくなってしまうかもしれない。

「とにかくしばらくは、こっちに通うしかねぇだろうな」

伊佐は淡々とした調子で言った。

その日も伊佐と一緒に帰った。日本橋に向かう道すがら、伊佐は話した。

「作兵衛さんの足の方はずいぶんよくなったけど、年は年だしなぁ。安治さんもあの調子だし。お文さんも口には出さないけど、困っているんだよ」

お文の名前が出て、小萩は伊佐の顔を眺めた。

「二十一屋さんに申し訳ない。こちらはこちらで何とかしますって言うんだけどさ。そんなはずねぇだろ。ほっておけないよな」

その言い方に小萩ははっとした。

伊佐はお文のことをどう思っているのだろう。

聞いてみたいが、聞けない。

じりじりする。

味噌屋で働いていたお絹に、両想いになるおまじないに使うから伊佐の着物の端を切ってくれと頼まれたことがある。あのときは、そんなことで両想いになるものかと思ったが、今はお絹の気持ちがよく分かる。

人間、藁《わら》をもつかむという場面はあるのだ。

信じられようが、られまいが、何かせずにはいられない。

――小萩は心配じゃねぇのか。伊佐はあの見世でお文さんとずっと一緒なんだよ。

留助の声がする。

――お絹ちゃん。あの子だって伊佐が好きで、一緒になるために相当本気出していたよ。

小萩は菓子を習うために牡丹堂に来た。男の人に出会うためではない。

だけど。

だけど、だけど、だけど……。

「おい、小萩、どうした？　顔が真っ赤だぞ」

「すみません。なんか、暑くて」

小萩は顔をふせた。


その晩、台所で片付けをしていると、幹太が顔をのぞかせた。

「おはぎ、ちょっと、ちょっと」

手招きする。

「なんですか」

井戸端に出ると、幹太がいつになく真剣な顔をしている。

「おいらさ、見世を出ようかと思っているんだ。修業に行くんだ」

「まさか、天下無双に行くなんて言わないわよね」

「ほかに行くところあるかよ」

幹太が口をとがらせた。

「それを知ったら、親方もおかみさんもカンカンよ」

「だから、おはぎに言うんじゃねぇか」

どこをどう考えたら、そういうことになるのだ。

「私は何にも聞いてません。知りません。幹太さんが自分で決めたことにしてください」

小萩が台所に戻ろうとすると、幹太が袖をつかんだ。

「だってさ、鷹一さんが言うには、職人には伸びる時期があるんだ。その時に良い師匠について知識を広めないとそこで止まっちまうんだ」

「幹太さんは二十一屋の子でしょう。どうして、あっちの男の言葉を信用するのよ。旦那さんがね、紅巻きかすていらを食べたときに言っていた。自分の知らないものは、なんでもすごいと思うもんなんだ。うちだって、その気になればあれくらいの菓子は出来るだろう。この程度でがっかりするようじゃ、あいつらもまだまだだって」

「そうだよ。まだまだだよ。だから、なんとかしたいんだ。おいらはそのめずらしいものを見たいんだよ。世の中にあるめずらしいもの、面白いもの、きれいなもの、そういう菓子を全部見たいんだ。小萩だって、そう思ったから江戸に来たんだろ。なんで、おいらの気持ちを分かってくれねぇんだよ」

小萩は胸をつかれたような気がした。

たしかに幹太の言う通りである。

小萩が江戸に来たのも、めずらしい、面白い、きれいな菓子を見たかったからだ。

だがしかし、それとこれとは話が違う。幹太の背中を押すことはできない。

「ばあちゃんやおやじには自分で言うよ。だけど、そのときはおいらの味方になってくれよ。お願いだからさ」

幹太は必死に食い下がる。こんな一生懸命な姿をついぞ見たことがなかった。

「分かりました。でも、私が味方しても何も変わらないと思います」

「そうだよな」

幹太は肩を落とした。

その時、少し離れたところで人の気配がした。

振り返ると木立の間に伊佐の背中が見えた。ちょうど帰るところらしい。しまった。二人の話を聞かれてしまったのか。

伊佐はカンカンになって怒るに違いない。

小萩は少しあわてた。

幹太が口に指をあてている。小萩もうなずく。小さくかがんで草むらに身を隠した。すぐに出て行くと思ったのに、伊佐はそのまま立ち止まった。誰かを待っているのだろうか。やがてカラカラと下駄の音がした。

「悪かった。待たせたな」

「いいえ。今、来たところ」

女の声がした。

お文だ。

小萩は一瞬、水を浴びたような気がした。

どういうことだ。なぜお文だ。二人はそんな仲なのか。

立ち上がろうとする小萩の腕を幹太がつかんだ。

「行くな。行ったらだめだ。このままここにいろ」

小声でささやく。

二人のひそやかな話し声が低く響いてきた。何を話しているのかは分からない。だって、どうして。なんで？

出て行って問い詰めたい。だが、そんなことをして何になろう。

小萩は、伊佐のなんでもない。

ただ、同じ見世で働いているというだけの間柄だ。

やがて足音は去っていった。

静かな夜になった。虫の声が聞こえる。

「台所でまだ片付けが残っているから」

小萩はふらふらと立ち上がった。頭の中で二人の声が響いている。

あんなに何度も千草屋に行って、伊佐が働いている様子を見て、お文と話をしたのに。自分は何をしていたのだ。どうして何も気づかなかったのか。

お文は正真正銘の美人で、気の毒な身の上で、男だったら誰でも手を貸してやりたいと思うだろう。

だから二人が近づくのは当たり前のことで、それを小萩があれこれ言うつもりは、全然、まったくないので。そもそも小萩が江戸に来たのは菓子を学びに来たわけで。伊佐は同じ見世で働く兄弟子というか、仲間というか、つまりそういう人で。当然、伊佐も小萩のことをそんな風に見ているのだから……。

胸が締め付けられるような気がした。

のどの奥が辛い。

泣いちゃいけない。こんなことで泣いたらだめだ。

突然、幹太が小萩の手をつかんだ。

「おはぎさ、卵を割らずに良し悪しを知る方法を知ってるか？」

幹太は真剣な顔をして言った。

小萩は首を横にふる。

「今から教えてやる。いいか、水をいれて、その中に卵を浮かべてみるんだ。傷んでいる卵は浮いて、そうでないのは沈むんだぞ」

幹太の言葉にうなずく。

「そいでさ、卵をゆでる時な。酢をちょっと入れるんだよ。そうするとさ」

幹太はゆで卵のつくり方を説明する。

小萩はうつむいたまま、ただうなずく。

幹太は伊佐と一緒にいたのが誰か知らない。それでも大方の見当はついたのだろう。小萩の気持ちを引き立てようと卵の話をする。

泣かないよ。平気だから心配しないで。ありがとう。大丈夫だから。

ゆで卵のように丸く、白い月が空に浮かび、夜が静かにふけていった。

三

次の日の夕方、紋付羽織で正装をした作兵衛がやって来た。少し足をひきずってはいたが、背筋をしゃんと伸ばしている。手には酒樽を持っている。

「やあ、小萩さん。いつもありがとうね。今日は、弥兵衛さんはいらっしゃるかな」

「まぁ、作兵衛さん。わざわざ、どうも。足のほうはもう、いいんですか?」

お福が奥から出て来て、にこやかに挨拶した。

「年をとると治りが悪いねぇ。まいっちまうよ。それでも、ずいぶんよくなった。久しぶりに弥兵衛さんと酒でも酌み交わしたいと思ってさ」

「どうぞ、どうぞ。うちの人もさっき帰って来たばかりなんですよ」

奥の座敷に誘う。

小萩がお勝手で酒の肴を用意をしていると、お福がやって来た。

「こっちはこっちでやるからさ。いいよ、いいよ。忙しいんだろ。あんたは見世の方を見ていておくれ」

　そう言われて見世に戻った。

　そろそろ見世仕舞いの時刻で、お客はまばらだ。片付けを始めていると、留助が顔をのぞかせた。声をひそめてたずねた。

「今、来たの、千草屋の旦那さんだろ？　何の用だ？」

「旦那さんとお酒を飲むつもりらしいですよ」

「悪い足ひきずって日本橋まで来て？　しかも紋付羽織だよ」

　頼み事でもあるのだろうか。

「じゃあ、伊佐さんにもう少し長く来てくださいとか？」

　留助は小萩の顔をまじまじと眺めた。

「あんた、ほんとにのんきだよねぇ。そういうところが、いいところなんだけどさ」

　その途端、昨夜の伊佐とお文が思い出された。

「え？　だって、それって、つまり」

　小萩はあわてた。

「知らねぇよ。そういうこともあるんじゃねぇかって思っただけさ」

　その時、女のお客が入って来た。

「すみません。最中を十個、包んでもらえるかしら」

「はい」

返事をした声がひっくり返った。手が震えて、最中がつかめない。

「しょうがねぇなぁ」

留助が代わりに最中を包み、手渡した。

「ねぇ、どうしよう」

「どうもこうもねぇよ。俺たちは蚊帳《かや》の外。決めるのはあちらさんだ」

だから言わんこっちゃないと言う顔をしている。

「どうせ、仕事になんねぇんだ。早く見世、閉めちまいなよ」

留助は小声でささやくと、仕事場に戻っていった。

菓子箱を片付け、のれんをしまった。

奥の部屋に耳をすます。

時々笑い声がする。難しい話ではなさそうだ。だが何の話かは分からない。

お福は出てこない。

外に出て、見世の前の落ち葉を掃いた。

見世に戻ってぼんやりしていたら、お福が突然出て来た。

「小萩、そこにいたのかい？」

「はい」

　小萩はとびあがった。

「悪いね、徹次さんと伊佐を呼んでおくれ。座敷に来るように」

　仕事場に行く。

「親方、伊佐さん、おかみさんが呼んでいます。座敷に来るようにって」

　幹太がぱっと顔をあげて小萩の方を見た。留助の背中が緊張する。伊佐はうつむいたまま動かない。

「じゃあ、行こうか」

　徹次にうながされ、伊佐は立ち上がり、二人は仕事場を出て行く。小萩は伊佐のやせて骨ばった背中を見送った。

　二人の姿が消えると、留助がしみじみとした様子で言った。

「そうかぁ、やっぱりなぁ。そういうことだったのか」

「ねぇ、どういうことだよ。教えてくれよ」

　幹太が言った。

「つまりさ。婿にくれってことじゃねぇのか」

「婿？」

幹太が頭のてっぺんから声を出した。

「年格好だってちょうどいいし、このひと月ほど働いてもらって仕事ぶりも、人柄も見届けた。いい頃合いじゃねぇか」

「それは、留助さんの考えですよね。まだ決まったわけじゃないですよね」

小萩が言った。声が震えている。

留助がきろんと小萩を見た。「まだ、そんなこと言っているのか？」と顔に書いてあった。

「嫌だよ。そんなの。おいら、伊佐兄のいない二十一屋なんて嫌だ」

幹太が頬をふくらませた。

「まぁ、そう言うなよ。伊佐の身になってみろ。自分の見世を持てるんだよ。千草屋っていえばちっとは知られた見世だ。そりゃあ、昔の勢いはないかもしれないけど、今だって堅い、いい商いをしている。お客もついている。しかもそこには一人娘がいて、それが働き者で、おまけにすこぶるつきの器量よしだ。なんで、断る理由がある」

留助の言う通りだ。

自分の見世を持つことは職人の夢だ。

その夢が今手の届くところにある。

「おはぎ、それでいいのかよ」

幹太が小萩の袖をつかんで振った。

奥の座敷からまた笑い声が聞こえた。

顔が熱い。膝が震えている。

「まあさ、いろいろ思う所はあるかもしれねぇけどさ、同じ見世で働く仲間のめでたい話なんだ。快く祝ってやろうよ」

そうだ。伊佐は同じ見世で働く「仲間」だ。

ちゃんと笑顔で、おめでとうと言わなくちゃ。

見世の方で訪う声がして小萩が出て行くと、お文がいた。

これで全員だ。

いよいよだ。

小萩は笑顔をつくった。

お文はいつもの藍色の着物を着ていた。走って来たのか、額に汗を浮かべている。

「みなさん、奥に集まっています」

座敷に案内した。

襖を開けると、みんなの目がこちらを向いた。

「ああ、お文さん、いいところに来たねぇ。今、あんたの話をしていたんだよ」

弥兵衛が言った。

「さぁさぁ、中にお入りよ」

お福が誘う。

お文は廊下に座ったまま、弥兵衛とお福、徹次に深々と頭を下げた。

「父が突然おうかがいし、無理なお願いをして申し訳ありません。私からも失礼をお詫びさせていただきます」

意外な言葉に小萩は顔をあげた。座敷の中の様子が目にとびこんで来た。

おやというように、弥兵衛とお福が顔を見合わせた。徹次はけげんそうに眉をひそめ、作兵衛が困ったように顔を伏せた。伊佐はほっとしたように肩の力を抜いた。

お文は作兵衛に向き直り、やさしく言った。

「おとっつあん、そんな風に何でも自分一人で決めてしまったらだめでしょう。伊佐さんは二十一屋さんの大事な職人さんで、幹太さんを助けてお見世を守っていく人なんです。千草屋にいただくわけにはいきませんよ」

母親が子供を諫《いさ》める時のような言い方だった。

作兵衛はきっと顔をあげた。

「おめぇは何を勘違いしているんだ。伊佐さんを職人として雇おうってんじゃねぇよ。お前の婿に下さいって頼みに来たんだ。伊佐さんは立派な男だ。腕も確かだ。気風もいい。俺の目に狂いはない。どうでも、うちに来てほしいんだ」

「そんなに惚れこんでもらえて、ありがたいねぇ。あたしもうれしいよ。ねぇ、伊佐」

お福が言った。

「そうですよ。そりゃあ、こっちだって伊佐にはずっといてもらいたい。そのつもりで頼りにしていたよ。だけど、千草屋さんがそこまで言ってくれたんなら、反対する気持ちはない。喜んで送りだしてやりますよ」

弥兵衛が続ける。

「いえ、もったいないお話ですが、今回はご縁がなかったということで」

お文はきっぱりとした調子で言った。

「なんだよ、お前」

作兵衛が声を荒《あら》らげた。

「それは私だけじゃなくて、伊佐さんともお話をして決めたことです。伊佐さんは二十一屋さんには御恩がある。幹太さんが一人前になるまで傍にいて助けるって旦那さんと約束した。それだけは、何があってもまっとうしたいと言われました」

「分かってらぁ、そんなこと」

作兵衛が大声で遮った。

「世話になった見世に後ろ足で砂かけて、ほいほいって二つ返事で来るような職人じゃぁ、こっちがお断りだ。義理がある、申し訳ない、そういうまっすぐな気持ちがある奴だから、うちに来て欲しいんだ。お文、お前、よく考えろ。これはみんなお前のためなんだぞ。わしも安治も年取って、一太はまだまだだ。それで、どうやって見世をやっていくんだ。今日明日のことだけじゃねぇぞ。来年、再来年、ずうっと先々まで考えて、俺はそうしたほうがいいと思ったんだ」

小萩は後ろに下がらなくてはと思った。だが、体が動かない。話のなりゆきを見届けたいのだ。

「おい、伊佐さんよお」

作兵衛が伊佐の手を取った。

「あんたの忠義の気持ちはよく分かる。だけど、そこをちっと曲げてくれねぇか。頼むよ。この通りだ」

「旦那さん。だめですよ。頭をあげてくだせぇ。見世の主人が職人に頭を下げるなんてこと、しちゃいけませんよ」

伊佐はそう言って自分も頭を下げた。

「千草屋さんではよくしていただきました。そんな風に思っていただいてうれしいです。だけど、俺はまだ半人前です。まだまだ二十一屋で教わりたいことがたくさんある」

「だって、おまえ……。一通りのことは出来るじゃないか」

そう言ったのはお福だった。

「今の俺は菓子の上っ面をなでただけだ。形にはなる。それだけだ。夏においしいと思うあんこと、冬においしいあんこは違う。羊羹も団子も、最中も、もっともっと深めたい。俺は七つの時に徹次さんの弟子にしてもらった。だから、それをまっとうしたいんです」

作兵衛がため息をついた。

「幹太さんを助けるなんて、そんな力は俺にはない。恩返しだなんて、大それたことも思っちゃいねぇ。ただ、二十一屋が好きなんですよ。あんこ炊いて、菓子つくって、みんなと話しながら飯食って。昨日より、今日のほうがちっとはましな仕事ができたかなって思いながら眠りたい。それだけなんだ。俺なんか、そんな大した奴じゃねぇから」

「だって、それじゃあ……」

お福が声をあげた。

「弥兵衛さんも、徹次さんも伊佐に何か言ってくださいよ。そんな話、聞いたことないよ。まったく、この子は何を考えているんだか」

「伊佐らしいじゃねぇか。こんなに思われて、徹次、お前もうれしいだろ」

弥兵衛が言った。徹次が静かにうなずいた。

「あんたって子は……。本当に大馬鹿者だよ。こんないい話は二度とないんだよ」

お福がそう言って、涙をふいた。

小萩はそっとその場を離れた。仕事場に戻ろうとすると、柱の陰に幹太が座っていた。

「なんだよ。伊佐兄のやつ、かっこつけやがって。そんなこと言われたら、おいら、天下無双に行けなくなるじゃねぇか」

「だから、言ったじゃないですか。だめですよって」

その声がかすれた。涙で周りがにじんで見える。

へへと笑って、幹太は小萩の脇腹を肘でついた。

「よかったね。伊佐兄、いてくれるってさ」

小さく舌を出して逃げて行った。

十日ほど過ぎた。

伊佐は千草屋の手伝いを止めた。千草屋には口入れ屋から来た職人が働いている。小萩は今も時々、お福の言いつけで届け物をする。

お文はそのたび、恐縮し、何度も礼を言う。

「おかみさんやみなさんによくおっしゃってください」

その口調は、以前の頑《かたく》なものではなく、どこかやわらかさが漂う。

すっかり仲良しになって、たわいもない話で笑うけれど、あれきりお文は伊佐のことに触れない。伊佐もお文の名前を口にしない。

小萩は時々思う。

伊佐はお文のことをどう思っていたのだろう。

お文に千草屋があり、伊佐に二十一屋があった。

結局、結ばれない縁だったのか。

「もう、そろそろ梅雨明けですね」

お文が笑うと花が咲いたようだ。小萩はまだ見たことのない月下美人を思い浮かべるのだった。

盛夏

決戦！ 涼菓対決

一

季節がめぐり、夏を迎えた。朝から太陽がかっと照りつけ、空には入道雲が浮かんでいる。二十一屋も水羊羹や葛桜といった夏の菓子が中心になった。

昼過ぎ、日本橋の呉服店、川上屋の若おかみのお景がやって来た。青の地に水の流れのように幾筋も白い線を描いた着物を着ていた。玉かんざしも、草履《ぞうり》の鼻緒も青にまとめてすがすがしい。

「お福さん、いらっしゃるかしら？」

「ああ、ちょうどいいところに来たねぇ。今、一休みしようと思っていたんだよ」

お福が顔を出し、「お福さんの大奥」とみんなが呼んでいる奥の三畳にあがった。涼しい風が通り抜ける座敷で、しばし女同士の話をするのである。

「この前、はじめて男物の着物をつくったんですよ。女の着物も楽しいけれど、殿方の着道楽は桁が違うって知りました。夢中になりそう」

川上屋の嫁となり、見世に立ちたかったお景は自分で仕立てた着物を着て、毎日のように日本橋の通りを歩いた。それが若い女たちの間で噂になり、同じものが欲しいと川上屋に押し寄せた。おかみの富江と多少のぶつかり合いがあったが、今は仲良く見世をもり立てている。

小萩がお茶と水羊羹を持って行くと、話は佳境に入っていた。

「頼まれたって言うのは陣羽織なんです。それも太閤秀吉様のようなっていうんですから」

陣羽織とは武士が陣中で着ていた上着だ。太閤秀吉はじめ戦国武将は敵味方にその威光をしめすべく、華やかで豪華なものを用いたという。

贅沢禁止令がたびたび出され、庶民の着物には制限がある。だから洒落者《しやれもの》は裏地や下着にこる。羽織の裏地に東海道五十三次の名所図を染めさせろ、襦袢《じゆばん》の背中に般若《はんにや》の面を入れろなどの注文を受けたことはある。

だが、陣羽織は初めてだ。

どうしていいか分からないと番頭たちが尻込みするから、お景が引き受けた。そういう度胸の良さがお景の持ち味だ。

「太閤様のようなということに、思いっきり派手でにぎやかで、世間に二つとないものが欲しいということでしょう」

　体つきのよく似た手代で寸法を取り、見本をつくった。立ち襟にして袖はなし。表地は金色の絹、裏は舶来の更紗《さらさ》木綿。背中に大きく鷹の刺繍を入れたら大変に喜ばれた。

「その陣羽織をどこで着るつもりなんだい？　それで外を歩くわけにはいかないだろう？」

「戦に向かうつもりで仕事場に立つんだそうです。だから戦国人の熱い血潮を感じるようなものが欲しい。そして、天下を取るんだ、日本一の菓子屋になるんだと」

「もしかして、その男っていうのは……」

　お景はふふと笑って、水羊羹を口に運んだ。

「そう。天下無双の鷹一さん。後ろについている勝代って人は吉原の楼主でもあるから顔が広くて、大店の当主やら茶人、お武家様を次々紹介しているそうですよ」

「それで菓子で天下を取るか。大きく出たねぇ」

　お福は半ばあきれ顔である。

「冨江さんなら覚えてるかもしれないけど、鷹一はもともとはうちにいた職人だったんだよ。桑名の船主の息子で嵐にあって船をなくし、一家離散になった。うちに奉公に来たのは十二歳だ。来た途端にこう言った。『ずいぶん、小さな見世だなぁ』　生意気な子供だったが、利発で物覚えがいい。いつかは一本立ちして大きな見世を持つと言っていた。

「かわいがられて育った子だからね、甘え上手なところがあるんだよ。子供の頃、あたしの顔をじっと見て言ったんだ。おかみさんは空のお星さまみたいにきれいだ」

「まぁ。末恐ろしい。年ごろになったら大変だったでしょう」

「女の子にはもてたね。付け文も、よくもらっていた」

「それが今の商いに役に立っているんだわ」

お景は楽しそうにころころと笑った。

小萩は鷹一が屋台を引いていた時のことを思い出した。道行く人の足を止めさせ、面白おかしく話をつないで、上手に買わせていた。あれは天性のものだったのか。

「鷹一さんは言ってましたよ。京大坂、長崎、金沢と各地を回ったが、心からうまいと思ったのは牡丹堂のあんこだけだ。それに勝てるあんこができたと思ったから、日本橋に戻ってきたって」

「また、調子がいい。ほんとにそんなこと、思っているんだろうかねぇ」

そう言いながらお福はうれしそうな顔をしている。

お景は水羊羹の最後のひと口を味わって言った。

「ああ、やっぱりおいしい。すうっと口の中で消えていく。やさしい、おだやかな味だわ。

鷹一さんの菓子は『どうだ、すごいだろ』って見得をきっているみたいでしょ。最初のひと口はいいんだけど、最後に来ると疲れちゃうのよね」

「あんたみたいな人ばかりだといいんだけどね、最近は天下無双ばかりが大人気だよ」

お福はめずらしく愚痴を言った。


仕事場に行くと、伊佐が紙に何か書いていた。

「新しい菓子を考えているんですか？」

小萩がのぞきこむと、伊佐が少しはにかんで答えた。

「しのぶ草だよ。菓子にできないかと思ってさ」

しのぶ草は山や野原でよくみかける羊歯《しだ》の一種だ。裏には胞子をたくさん抱え、乾燥に強く、丈夫でよく増えるから子孫繁栄、商売繁盛をあらわす縁起のいい草でもある。

「葉っぱだろ。地味だよなぁ。やっぱり花の方がいいんじゃないのかぁ」

幹太が言った。

「しのぶ草は地味か？　きれいじゃないか。夏の暑い日差しにかんかん照らされてもへこたれないで、涼し気な青い葉を茂らせている。俺は好きだな」

「釣りしのぶってもんも、あるからな」

徹次が話に加わった。

釣りしのぶはしのぶ草を竹と苔の土台に巻き付け、屋形船や灯籠《とうろう》の形に仕立てたものだ。夏になると、釣りしのぶ売りの行商人がやって来る。弥兵衛もひとつ買って軒先につるし、「風流だねぇ」などと喜んでいる。

小萩が江戸に来て驚いたのは、この釣りしのぶである。ふるさとでは、ちょっとした草むらにいけば、たいていしのぶ草があった。それが飾り物になって、結構な値がついている。

しかも、夏の日差しは強いから、朝晩たっぷりと水をかけなければ葉がしおれてしまう。その世話をするのは小萩の仕事で、これが結構な手間なのだ。

そんなわけで、小萩はしのぶ草にあまりいい思いがない。知らずしらずのうちに口がとんがった。

「小萩は最近、菓子帖を描いているか？」

徹次がたずねた。

「はい。見てくださいますか？」

小萩はすぐに機嫌を直し、自分が考えた菓子を描いた菓子帖を見せた。

「これは外郎です。白と緑に染め分けて、中は白みそあんです」

「白みそか。夏はかるい塩気があるのもうまいな」

いつの間にか留助も加わった。

「女の子が考えるものは、やっぱりちょっと違うな。試しにひとつ、作ってみるか」

徹次が言った。

伊佐が残った外郎生地を取り出して、白と淡い緑に染め分けた。みそあんを包むと、やわらかな外郎生地はぷっくりと丸みのある姿となった。

壁に並べたたくさんの焼き印の中からひとつ取り出すと、火鉢であぶって押した。

細い軸に小さな葉が並ぶしだの葉の焼き印だった。

「しのぶ草でよかったかな？」

伊佐が小萩の手にのせてくれた。

しのぶ草も悪くない。

伊佐が選んでくれたからか。

「かわいいです。私が考えていた以上です」

小萩は笑顔になった。

井戸端で菓子をながめていると、幹太がやって来た。

「なんだ、おはぎ、まだ食べないのか？」

「あんまりかわいいから、もったいなくて食べられないの」

「嘘つけ。伊佐兄がつくったからだろ」

図星をつかれて、小萩は頬を染めた。

「子供はそういう生意気を言うもんじゃないの」

怒ると、幹太は逃げて行った。

菓子帖を描いたらと勧めてくれたのはお福だ。その時、亡くなったお葉が描いていた菓子帖を見せてくれた。

季節の花や行事にちなんだ菓子に混じって、幹太がはじめて歩いたから足形の菓子など、家族の記念を記した菓子もたくさんあった。

それはお葉が日々を綴《つづ》った日記のようなものだった。

だから、小萩も楽しいことやうれしいことを菓子にして描いた。あじさいがきれいに咲いている。虹が出た。伊佐とおしゃべりしたなんてことも、じつは菓子になっている。

訪う声がして見世に出ると、金耕堂《きんこうどう》の晴五郎《せいごろう》と名乗る男がやって来た。金耕堂は洒落本、黄表紙《きびょうし》、絵本などを出している版元である。

晴五郎は三十前のまだ若い男だった。近頃流行りの細い髷を結っている。色男を気取っているらしいが、残念なことに顔が平たく大きい。鼻があぐらをかいている。

「こちらのご主人にご相談があってうかがいました。お手すきでございましょうか」

小萩に向かって、ていねいな挨拶をした。

お福が応対に出て奥の座敷に通す。

小萩がお茶を持って行くと、晴五郎は挨拶もそこそこに本題に入ったところだった。

「いや、先日、天下無双の鷹一さんとお話をしておりましたらね、昔、こちらで修業をされたとうかがいましてね。徹次さんは兄弟子だったとか」

「ええ、そうですよ。鷹一は十歳でこちらに来て、二十二歳の年までおりました。それが何か？」

「どうでしょうかねぇ。お二人で菓子の兄弟対決なんていうのは。前回の京菓子と江戸菓子対決に続く第二弾。話題になると思いますよ」

晴五郎が誘うように言うと、お福は驚いた顔をした。

「小萩、徹次さんを呼んでおくれ。弥兵衛さんもそろそろ帰って来るころじゃないかね」

お福に言われて、小萩は徹次に声をかけ、ちょうど戻ってきた弥兵衛も同席した。

「例の京と江戸の菓子対決、あの時の会場は茶人の霜崖《そうがい》様の別邸でしたよね。あれはもったいないことをしたと思いますよ。だって、せっかくの面白い取り組みをほんの一部の人しか見られなかった。まぁ、おかげで私どもが出した観戦記はよく売れましたけど」

今回は町方の人も札を入れられるようにしたい。

「町方百名、茶人十名でどちらが優れているかを決めるのです。町の人は一人一枚、お茶人は一人十枚を持つ。両方の菓子を食べていただいて、おいしいと思った方に札を入れ、札の多い方が勝ち。どうでしょうかなあ」

日本橋の駿河町《するがちょう》あたりの辻に仮店《かりだな》をつくってそこで売る。

「じつは日にちがもう、決まっているんですよ。茶人の白笛《はくてき》さんをご存知でしょう？　あの方が八日にしようとおっしゃって。末広がりの日です」

「六日しかないじゃないか」

お福が言った。

「間延びしてもよくないですからね、ちょうどいい頃ですよ。宣伝の方は私どもの得意ですからね、これこれ、こういう催しがあると知らせておいて、募ります。たくさんのご希望をいただきましたら、抽選で百人に決めさせていただきます」

「そうすると、菓子の数は都合百十個ということですね」

徹次が言った。

「はい。菓子のお代、仮店の費用、あれこれ全部まとめてお茶人たちが出してもよいと仰っています。面白い催しになればそれでよいと、言われてますんで」

「太っ腹なもんだねぇ」

「まぁ、そういう方たちですから」

晴五郎は話もまとめに入ったと言う様子で言葉に力を込めた。

「お客はおいしい思いをして勝負にも参加できる。二十一屋さんも天下無双も名前が人に知れて、お客が増えること間違いなし。私どもも観戦記が売れて損はなし。三方どころか、四方八方得ばかりという案なんですよ。いかがでしょう。お力をいただけませんでしょうか」

なんだか話がうますぎるような気がしないでもない。勝てばいいが、負けたらどうなるのだろう。小萩はちらちらとお福と弥兵衛、徹次の顔をながめた。

すると、それまで黙っていた弥兵衛がおもむろに口を開いた。

「金耕堂さんは吉原細見なんかも出しているようだけれど、大島楼とは懇意なのかい？」

大島楼とは勝代のことだ。

「もちろん、お出入りはさせていただいておりますけど、それが何か？」

「この話、大島楼から出たってことじゃねぇんだろうね。それだったら、乗らねぇよ。最初から決まっている勝負じゃ、面白くもなんともねぇ」

「いやいや。そんなことはありませんよ」

晴五郎はあわてて手をふった。

「最初に私どもが思いついて、お茶人の白笛さんに話をしたらそれは面白いってことになって、ほかの方にもお声をかけていただいて、それで今回のようなことになったんです。そりゃあ、大島楼の勝代さんにはいろいろお世話になっておりますよ。ですが、一軒だけとあまり親しくなるのは、ほかの見世の手前あまり得策ではないんでね、こちらも塩梅《あんばい》させてもらっております」

「そうか。そんならいいけどさ。こっちが梅干しの菓子をつくれば、すぐ鷹一も同じようなもんを出す。その次はかすていらだ。そんな風に煽っておいて、大きな勝負に引っ張り出すって魂胆かと、ひょいと思ったからさ」

「いやあ、まさか、そういうことではないと思いますよ」

晴五郎は居住まいを正した。

「正直にいえば、梅夫しと梅の雫あたりからこちらも気にしておりましてね、かすていらと紅巻きかすていらを見て、これはいけるんじゃないかと思ったのが本当のところなんですよ。うちは黄表紙なんかを出しておりますが、素人相撲に鶯《うぐいす》の鳴き比べ、大酒の飲み比べと楽しいにぎやかな催しをいろいろお世話をさせていただいておりますのでね」

話はまだまだ続きそうだが、小萩は部屋を出た。

見世に立つと、仕事場から幹太がやって来た。

「金耕堂って黄表紙とか出している見世だろ？　何の話なんだって？」

「なんか、天下無双と牡丹堂で菓子比べをしたいそうですよ」

「へぇ？」

幹太は意外そうな顔になった。

しばらくして、晴五郎がお福とともに座敷から出て来た。

「では、この件はお預けいたしますから。良いお返事を待っております」

何度も頭を下げて帰っていった。

その晩、弥兵衛とお福、徹次の三人で話し合ったらしい。翌朝、みんなが集まった朝食の席で、弥兵衛が言った。

「天下無双と菓子比べをしてほしいという話があった。お福や徹次と相談したんだが、逃げたと言われるのもしゃくだから、この際受けてみようかと思うんだ」

「じいちゃん、それはどこでやるんだ？　いつの話だ？」

幹太が勢い込んでたずねる。

「場所は日本橋。五日後だ」

「そりゃあ、大変だ」

のんびり屋の留助も慌てている。

お福が細かい仕組みを説明する。

「天下無双が相手ですか。厳しい勝負になりそうだな。それで、菓子は何を出すんですかい？」

伊佐がたずねた。

「それは、お前たちが考えるんだよ」

お福の言葉に幹太がひぃぇぇと声をあげた。

「鷹一も相手に不足はないとぶつかって来るだろう。こっちもそのつもりで腹をくってかからないとな。これはきっと面白い勝負になるぞ」

弥兵衛の言葉に「負けられねぇな」と伊佐が言い、留助と幹太がうなずく。小萩も肩に力が入った。


小萩は承諾の旨を書いた文を持って上野の金耕堂に向かった。

金耕堂の建物に、もとはそば屋か何かだったのだろう。相当に古く、壁にひびが入っていた。しかし、本や浮世絵を売る一階の見世はお客が出入りして活気がある。案内されて二階に上がると、こちらは静かで男が一人いた。しわだらけのくたびれた着物を着て、必死の形相で机に向かい、何か書いている。

「二十一屋から来ました」というと、男はがばりと顔をあげた。年格好は三十にはまだ間がありそうだが、無精ひげがのびて徹夜でもしていたのか目が真っ赤だ。

「それで、お返事は？」

「こちらにあります」

男は小萩の手からひったくるように文を取り上げると、すぐ中を改めた。

「よかったぁ」

畳の上に座りこんだ。

「お宅に断られたら、面目が立たない所だったよ。ああ、これで一安心だ」

「うちの返事待ちだったんですね。天下無双は快諾だったんですか？」

小萩はたずねた。

「もちろんだよ。つい先日、茶人の白笛さんに会ったら、去年の菓子比べは面白かったって言うから、それじゃあ、天下無双と二十一屋なんかどうですって思いつきでしゃべったら、大島楼の勝代さんも乗って来て、その場で話がまとまった。それで申し訳なかったけどお宅に話を持って行くのが最後になってしまったんだ」

「そういうことですか」

小萩は少し胸のつかえがおりた。

「だから、悪く思わないでくれ。そうか、わざわざ日本橋から来てくれたんだね。お茶でも一杯飲んでいくか？　何にもないけど」

「いえ。すぐ見世に戻りますから」

「そうか。晴五郎は今、出かけているけど、戻ったらすぐそちらにうかがわせますからね。くれぐれも、旦那さん、おかみさんによろしく伝えてください」

「あの、あなたは？」

「店主の耕之進《こうのしん》。本を書くときは壁のひび割れという名だ」

金耕堂はこの男が主人で、晴五郎は口八丁手八丁の番頭ということらしい。

牡丹堂に戻ってしばらくすると、晴五郎が汗をふきふきやって来た。

「いやあ、お返事をありがとうございます。天下無双さんも大乗り気でね、鷹一さんは徹次兄さんと久しぶりに本気でぶつかれるなんて言って張り切っているんですよ」

見世先で応対に出たお福にあれこれとしゃべる。

「鷹一さんにはまだ、誰も見たことのない新しい菓子をつくるんだそうですよ。二十一屋さんもぜひ、世間をあっと言わせるような菓子をね。お願いしますよ」

　そしてまた、忙しそうに帰って行った。


　座敷に行くと、弥兵衛が一人で何か考えていた。

「旦那さん、新しいお茶をいれますか？」

「うん、そうだねぇ。そうしてもらおうか」

　小萩を向いてたずねた。

「今来てたのは、金耕堂だろ」

「ええ。あの晴五郎さんは番頭で、店主は耕之進という人です。物を書く人らしいですけど、ちょっと変わった感じでした」

　小萩はよれよれの着物を着た耕之進を思い浮かべて話した。

「じゃあ、勝代の息のかかった見世というわけでもないのか。それなら安心だけどね。勝負っていうのはどう転がるか分からないところがあるからさ」

「旦那さんは鷹一さんのことも心配しているんですね」

「そりゃあ、そうだよ。なんのかんの言っても、鷹一はうちで育った子だからさ」

　弥兵衛は昔を振り返るように目をつぶった。

「あいつがここを出て行ったは二十二歳の時だ。いっぱし出来るつもりだったのかもしれないけど、わしから見たらまだまだ半人前だった。あそこまで来るには、ずいぶん苦労したと思うよ。なまじ自分に自信があったから余計だよ。ぺしゃんこにされて這い上がって、またたたかれてさ。日本橋に戻って来たって挨拶に来ただろ。なんだかうれしかったんだよ。菓子から離れてなかったんだってさ」

「旦那さんにとって鷹一さんは今でもかわいい見世の子なんですね」

「そりゃそうさ。今度の勝負、どんな菓子をつくるか知らねぇが、そこにはあいつの十七年が詰まっているはずだ。それをしっかりと見届けてやりたいんだ」

「こっちも負けられないですよ」

「そりゃ、そうさ。小萩も頑張るんだよ」

「はい。みなさんの足を引っ張らないように、一生懸命務めさせてもらいます」

小萩は殊勝な調子で言った。


宣伝上手の晴五郎が吹聴して、菓子比べの話は翌日には日本橋中に広まった。

「おい、また、菓子比べをするんだってな」

見世に来たお客が瓦版を見せた。

「天下無双と二十一屋の子弟対決」という文字が躍っている。

「おい、勝つんだろ。楽しみにしているよ」

「やっぱりあんこってぇのはさ、お宅みたいにしみじみした味がいいんだよ。あすこのは賑やかすぎていけねぇ」

「四日後かぁ。楽しみだねぇ」

菓子比べの話を聞いたお客が次々にやって来て、励ましてくれる。自分のことのように、なんとしても負けられないと意気込む人もいる。

川上屋の冨江とお景は景気づけにと、大量の注文を入れてくれた。お馴染みに配るのだそうだ。

「昔っからのお馴染みを代表して言うわよ。応援しているからね。絶対、勝つのよ」

小萩の背中をどんと押す。

千草屋のお文も菓子比べのことを耳にしていた。小萩がお福に言づけられた煮物や佃煮を持って行くと、「頑張ってくださいね」と言われた。

「手が足りなかったら遠慮なく言ってください。職人たちを連れて私もうかがいますから。力仕事でもお掃除でも、何でもいたしますから」

小萩は何度も礼を言った。

そんな風に周りからあおられて、留助も伊佐も顔つきが違ってきた。見世には祭りの前のような高揚した気分が満ちている。

さらに午後になると、晴五郎がまたやって来た。

「いやぁ、日本橋界隈じゃ、その話題でもちきりですよ。お茶人の方々も大乗り気でね、みなさま楽しみにされていますよ。札差の白笛様、薬種《やくしゅ》問屋の赤猪《せきい》様、それから霜崖様。それから、それから……。これも、二十一屋さんが受けてくださったからですよ」

指を折って名前をあげた。みごと狙いがあたり、うれしくて笑いが止まらないという顔である。

「十人では収まらなくなりそうで、困っております。その上、見世には札を入れたいという町方の方々が大勢押し寄せましてね、そっちの応対も大変なんですよ。最初は先着順と思ったんですが、収拾がつかなくなりそうなんで抽選にしました。そのくじをどうするかがまた、悩ましいところで」

懐から新しい瓦版を取り出した。

「一陣の風のごとく、突如江戸に現れたる不世出の菓子職人鷹一率いる天下無双と、知る人ぞ知る、いぶし銀のごとく味わい深い徹次が率いる二十一屋牡丹堂。同じ見世で助け合い、競い合ってきた二人が本気でぶつかりあう。待ったなし、容赦なしの一番勝負。どうですか？　いい文句じゃないですか。今日、これをまた配るつもりなんですよ」

晴五郎は一気にまくしたてた。あの耕之進が目を赤くして絞り出した文句なのだろうか。

「おや、まぁ」

さすがのお福も圧倒されて、目をぱちぱちさせていた。


夕方、台所で煮物をしていると、幹太がふらりと入って来た。

「まったく、金耕堂が妙なことを思いつくから、おいらは天下無双に行けなくなったよ。職人のやつが様子を探りに来たのかなんて言うから、馬鹿にすんなって怒ってやった」

「天下無双に行っても、結局、最中皮にあんこ詰めているだけじゃないですか」

「そう言うなって。技っていうのは習うもんじゃなくて、盗むもんなんだ」

幹太はいっぱしの口をきいた。

「ほら、おいらはどっちかっていうとすばしっこい方だから、鷹一さんが鍋を持とうというときに、ぱっと洗った布巾を差し出したりするんだ。そうすると、あの人喜んでさ。一緒にあんこ煉るかなんて言ってくれる」

「へぇ」

牡丹堂の仕事場でもそのくらいの働きを見せてくれればいいのだが。

「職人ってのは四方八方に気を配る。背中に目をつけてるようでなくちゃ、だめなんだってさ」

「ああ、そうですか」

急におとなしくなったと思ったら、幹太は口をもぐもぐさせていた。

「ちょっと。それは、今晩のおかずなんですよ」

「味見、味見。小萩もなかなか腕をあげたよ」

幹太は芋の煮転がしを飲み込んで調子のいいことを言った。

「それで天下無双はどんな様子なの？」

「ああ、なんだかすごいよ。鷹一さんは金ぴかの陣羽織を用意したんだってさ。絶対負けないって宣言している。油断できねぇぞ」

「こら」

鍋に伸びた幹太の手を小萩はつかんで止めた。油断できないのは、こっちの台詞だ。

幹太に味見ばかりされてはおかずが足りなくなってしまう。幹太の背中を押して仕事場に戻した。

「ねぇ、小萩、手が空いているかい？」

お福が白生地を抱えてやって来た。

「鷹一は陣羽織を着るんだろ。こっちもせめて前掛けぐらい新調しようと思うんだけど、どうだろう」

みんなが使っている前掛けはだいぶ年季が入ってあちこち擦り切れたり、穴が空いたりしている。

「私の分もありますか？」

「もちろんだよ」

「うれしいです。みんなもきっと喜びます」

「よし決まった。染物屋に行くから、いっしょに来ておくれ」

白生地を持ってお福の後に続く。

川上屋の前を通ると、のれんからお景が顔をのぞかせた。今日は森を思わせる緑の着物にくちばしの大きな南の国の鳥を染めた帯をしめている。

「あら、お福さん。どちらへ？」

「いや、前掛けを新しくしようかと思ってさ」

「まぁ、それで川上屋へ？　うれしいわぁ」

お景の顔が輝いた。それで、お福は染物屋に行くところだと言えなくなった。

「どうぞ、どうぞ、奥へ」

見世にあがると、すぐに手代がお茶を持って来た。

「白もいいけれど、華やかに色物はどうかしら？」

たちまち目の前に赤や黄、緑、紫と様々な反物が集められる。手代を立たせ、あててみる。

「二十一屋と刺繍をいれてもいいし、別布に染めて縫い付けても面白いわねぇ。ほら、こんな風に」

つるつる光る赤い布に金色の紐を重ねて、お景は目を細めた。

「少し派手じゃないかねぇ」

お福が遠慮がちに言った。

「だって、向こうは陣羽織なのよ。ああ、こうなることが分かっていたら、あんなに張り切るんじゃなかった。でも、ご安心くださいませ。天下無双より素晴らしいものを考えますから。そうだ。ね、縞にしましょうか」

今度は縞の生地が集められた。赤と黄、紫と緑。太い縞、細い縞。お景は次々反物を手代の体にあててみる。

「こんな感じはどうかしら？」

白と紫の派手な太縞である。

「江戸の紫、あんこの紫。和菓子屋さんらしいわ。ね、小萩さんもそう思うでしょ」

「きれいな紫だと思います」

「ぴったりの帯があるの」

手代に言いつけ、奥から重そうな丸帯を持ってこさせた。

丹後ちりめんの白地に鮮やかな紅色の牡丹の花が今を盛りと咲き誇っている。染めの上に刺繍を重ねた、贅沢なものだ。

「花の部分だけ切り取って、前掛けに縫い付けたらどうかしら。一番大きい花は徹次さんにして、ほら、この小さい花は幹太さんたち。小萩さんの分もつくれるわよ」

「これだけの帯を切っちまうのかい？　いくらなんでも、前掛けにこの刺繍はもったいないよ」

お福は驚いた。

「何を言っているんですか。これはお祭りよ。御神輿《おみこし》を担いで町内を練り歩くのと同じ。名のあるお茶人に町の人が百人。その前で披露するんでしょ。金耕堂さんは錦絵にするって言ってたから、絵になったときのことも考えなくちゃ。帯の分は私からの気持ち。お役に立てばうれしいわ。世間に二つとない、それはもう素晴らしいものになりますよ。どうぞ、私にお任せください」

そう言われたら、後にはひけない。約束をして見世を出た。


見世に戻ると、仕事場で徹次たちが菓子の相談をしていた。

「おそらく鷹一は自分が考えた粒あんをぶつけてくるだろう。だから、こっちも牡丹堂のあんこで勝負したい」

徹次が言った。

何度も渋をきり、小豆のあくを取り去るのが普通のやり方だが、鷹一の方法はまったく逆だ。あくを取らずに小豆を煮る。あくの中にこそ、小豆のうまみ、風味があるからそれを味方にするのだという。

しかし、夏場にうまみの強いあんはしつこく感じる。そこに勝機があるというのは、弥兵衛の考えだ。

「じゃあ、こっちはあっさりして、豆の風味もあるこしあんにするか」

伊佐が言う。

「だけど、うちの看板は豆大福だからなぁ。小豆の皮がピカピカ光っている粒あんもうまいよ」

留助が主張する。

「だから、両方でいく。粒あんとこしあんのいいとこどりだ」

徹次が言った。

そんなことが出来るのだろうか。小萩は首を傾げた。

「分かった。こしあんに蜜漬けの小豆を加えるんだろ」

幹太が膝を打つ。

「なるほど。そうすりゃあ、粒あん贔屓《びいき》も納得だ」

留助が笑顔になった。

では、そのあんをどういう風に仕立てるか。

暑い季節はひんやりとのどごしがよく、見た目にも涼し気なものが喜ばれる。とすれば葛饅頭か水羊羹か。

「水羊羹でいこう」

徹次の一言で方向が決まった。

「上等の小豆を使ったコクがあるけど、後味はすっきりで、角がびしっと決まった二十一屋特製水羊羹だな」と留助。

「蜜漬けの方は舌で押すとくずれるぐらいやわらかくしたい」伊佐が続く。

幹太も加わって、小豆はどこ、寒天はあそこがいいと職人らしい話が盛り上がる。

小萩は聞いているうちに何かもやもやして来た。

するりとのどを過ぎる水羊羹はおいしい。だが、それだけでいいのか。

小豆色の一色の水羊羹はいかにも地味だ。

川上屋のお景の顔が一瞬浮かんだ。

——これはお祭りよ。

そうだ。

おいしいのは当たり前。その先が必要なのだ。

「小萩。何を考えているんだ。言ってごらん」

徹次がたずねた。

「女の人や子供も喜ぶような、派手で楽しい水羊羹にしてください」

「そうか。色が足りないか」

伊佐が言った。

「紅白に染めた求肥を入れたらだめですか？　羊羹で金魚の形をつくって泳がせるとか、浮草とか、花とか」

「よし、それなら羊羹を白あんと小豆あんの二色の波模様にしよう。夏の花なら朝顔か？」

伊佐が言った。

「いいねぇ。朝顔はみんな好きだ。そんなら入れ物の方も考えようぜ、青竹なんかどうだ」と幹太。

「青竹もさ、ちょいと粋にさ、猪牙舟《ちょき》みたいな形にならねぇかな」

留助が続く。猪牙舟は猪《いのしし》の牙のように先がとがった小舟のことで、吉原遊郭に向かうお客がよく使う。すぐに猪牙舟を思い出すところが遊び好きの留助らしい。

伊佐が筆をとって絵を描きはじめた。横から徹次や留助、幹太、小萩も加わってあれこれ意見を言い、菓子の形が見えてきた。決まった。

青竹の猪牙舟は言い出しっぺの留助の係と決まり、近所の竹細工屋にいくつか見本をつくってもらいに走った。徹次と幹太と小萩で水羊羹に取りかかり、伊佐は羊羹で牡丹の花と葉をつくる。

留助が戻って来たら水羊羹を流し、手元にある小豆の蜜漬けと羊羹の朝顔の花と葉を加える。実際につくってみて、食べてみて、弥兵衛やお福の意見も聞いてみようということになった。面白い物が出来そうだ。小萩はわくわくして来た。

見世で訪《おとな》う声がしたので小萩が出て行くと、船井屋本店の主人、新左衛門《しんざえもん》が来ていた。船井屋本店は弥兵衛が修業した見世である。今は代が替わり、先代の息子の新左衛門が見世を仕切っている。その新左衛門がいつになく厳しい表情をしている。

「あいにく、弥兵衛は出かけておりますが」

小萩が言うと、新左衛門は姿勢を正した。

「今日はおかみさんにお話をと思ってうかがいました」

何か大事な話があるらしい。奥の座敷に通し、お福を呼ぶ。

「天下無双との菓子比べの話、今から取りやめには出来ませんでしょうか」

唐突に新左衛門は切り出した。

「それは、一体、どういうことなんでございましょう」

「鷹一さんの後ろには勝代という女がついています。あの女は危険です」

お福の目が鋭くなった。

小萩は二人の前にそっとお茶をおく。

「勝代は吉原の大島楼という遊郭のおかみです。子供の頃に見世に買われ、先代に商いの才を見込まれて養女となった。中の商いだけでは飽き足らず、つぎつぎ見世を出しています」

「その話はよそから聞いておりますけどね」

お福は新左衛門にお茶をすすめ、自分も一口飲んだ。

「分かっておいででしょうが、吉原の中の商いは私どもとは違います。医者に甘いものを禁じられているお客に饅頭を売りますか？　一つ、二つではなく、十も二十も。金がないなら金貸しを紹介すると言いますか？　それが中の商いなんですよ」

お福ははっと目をあげた。

吉原に入り浸り、身を持ち崩す者も少なくない。

色に溺れて見境をなくした男が悪い。だが、それを承知で金を使わせ、とことん搾り取る。それをよしとするのが中の世界だ。

部屋を出て行こうとする小萩をお福が呼び止めた。

「あんたもここにいて、私といっしょに話を聞いておくれ。こういったことを知っておくのも、お前には勉強だよ」

小萩は部屋の隅に座った。

「勝代は同じことを日本橋で、浅草で、神田でしています」

新左衛門は苦いものを飲み込んだような顔をした。

「十年以上も前のことです。勝代が最初に手をつけたのはかんざしです。遊女にかんざしは欠かせません。花魁ともなれば、十本、二十本と髪に飾ります。そのかんざしを主に扱っていたのは、神田の福島屋《ふくしまや》と浅草の山崎屋《やまざきや》の二軒でした。どちらのお見世も船井屋はご贔屓をいただいて、ご主人とも親しくさせていただいておりました」

勝代は上野広小路に丸高屋《まるだかや》というかんざし屋を出した。福島屋や山崎屋が新しいかんざしを売り出すと、よく似た、しかし値段の安いかんざしを丸高屋がつくった。吉原の女たちは勝代の顔を立て、丸高屋から買うようになった。

「そんなことをされて、福島屋と山崎屋はおとなしくしていたんですか？」

お福がたずねた。

「何度も文句を言った。でも、勝代は言を左右して従わない。血気盛んな福島屋の若い手代が丸高屋の手代と酒場でけんかするというようなこともあったそうです。そんなある日、事件が起こった」

福島屋の六つになる娘がお琴《こと》の稽古に行く途中、女中とともに姿を消したのだ。昼日中、人通りの多い道にもかかわらず、その時のことを見ている人がいない。煙のように消えてしまった。

福島屋は大騒ぎになった。

「総出であたりを捜しまわった。夕方、近くの神社に二人がぼんやりと立っているのを手代が見つけました。女中は怯えて、何も知らないと言うばかり。お嬢さんは花の咲いているきれいな場所で女と遊んでいたと答えたそうです。娘が戻って来たので一安心。その晩、風呂に入れようとしたおかみさんは恐ろしさに叫び声をあげた」

そこで新左衛門は言葉を切った。

「お嬢さんの裸の胸に、剃刀《かみそり》ですっとひいたような傷がつけられていたんですよ。痕も残らないような浅い傷だったそうだけれど、心の臓の上を横切っている。着物を改めたら丸に高と書いた丸高屋の印を入れた端切れが出て来た。その一件があって、福島屋さんは吉原の商いからすっぱりと手を引きました。見世を移り、使用人に暇を出し、今は深川で小さな商いをしていらっしゃいます」

ほうっと、お福が息を吐いた。

「一方、山崎屋のご主人は剛毅《ごうき》な方でしたから、その後も次々新しいかんざしを売り出し、値段も相当に安く売っていたそうです。けれど、ある日、手形詐欺に巻き込まれました。詐欺に引っかかったのではありません。山崎屋のご主人が詐欺をしたということになったのです。山崎屋の印を押した証文が出てきました。印も山崎屋のものだし、筆文字もご主人のものでした。いや、そうとしか言いようがないくらいよく出来ていた。古くからいた番頭の証言で罪が決まりました。けれど、山崎屋さんは人から恨みを買うような方でもありませんし、ご商売はうまくいっています。詐欺なぞする必要はないのです」

「それで、どうなりました?」

「江戸所払いの上、財産は没収。くだんの番頭もどこかに消えました。結局、得をしたのは丸高屋であり、勝代だったんです」

新左衛門は淡々と語った。小萩は部屋の隅で震えていた。

「悪いね、小萩。お茶をもう一杯おくれ」

そういうお福の声が乾いていた。小萩はぎこちなく立ち上がった。

「これはごく一部の人しか知らない話です。気づいても口をつぐみます。勝代の恐ろしさを思うからです。その勝代が今、狙いを定めているのは二十一屋さん、お宅なんですよ」

「だけど、どうして牡丹堂なんだ。うちみたいなちっぽけな見世、ほっておいてくれたらいいじゃないか」

「お宅が邪魔なんじゃないですか」

すぱりと言われてお福の顔が白くなった。

「そんなこと……」

「勝代も今では何軒も見世を流行らせていますから、福島屋さんや山崎屋さんのような手荒なことはしないと思います。でも、気をつけてください。弥兵衛さんは心が強い方ですから、こんな話をお耳に入れたらきっとお怒りになるでしょう。ですが、おかみさんには知っておいていただきたかったのです。どうぞご無理をなさらないように」

　新左衛門は何度も頭を下げた。

　お福は新左衛門を見送ると、奥の三畳に入ってしまった。小萩がお茶を持って行くと、厳しい顔をして庭を見ている。

「おかみさん、どうしましょう」

「どうもこうもないよ。もう決めたことなんだ。今さら、何か言われて引っ込めるわけにはいかないよ」

「そうは言っても……」

　小萩は口ごもった。

「これからは一人で出かけたらだめだよ。留助でも伊佐でも幹太でもいい。一緒に行ってもらうんだ。小萩に何かあったら、里のおとうさんやおかあさんに申し訳が立たない。見世の者たちだって、普通じゃいられない。それこそ、心を砕かれる。分かったね。このことは徹次さんには私から後で耳に入れておく。今の話は他言無用だよ」

　小萩はうなずいた。

　その時、襖の向こうから幹太の声がした。

「ばあちゃん、菓子の見本が出来たんだ。ちょっと見てくれますかって」

「あい、分かった。今、行くよ」

お福は何事もなかったような顔で立ち上がった。


仕事場には徹次に留助、伊佐、幹太、それに弥兵衛も顔をそろえていた。

水羊羹はみずみずしい青竹の舟に入っている。

白と小豆色の二色の水羊羹が波模様を描き、その上は透き通った錦玉《きんぎょく》（寒天）で中に羊羹でつくった朝顔の花や葉、小豆の蜜漬けが彩りよく散っている。

「かわいらしいのが出来たねぇ」

先ほどの話をすっかり忘れたように、お福が明るい顔で言った。小萩もつられて笑顔になる。

「波模様が涼しげだ。面白い、面白い」

弥兵衛に言われて、徹次は顔をほころばせた。

「あんずの蜜煮を加えます。もう少し朝顔の花も目立つようにするつもりです」

伊佐が言った。

「そうだね。それぐらい、思い切ったことをした方がいいよ。お祭りなんだ」

お福がうなずく。

「よし、決まった。これで進めよう。菓銘はそうだな、舟遊び」

徹次の言葉にみんながうなずく。

「きれいですねぇ。それにおいしそう」

小萩はうれしくなった。

勝代がどれほど恐ろしい女か分からないが、二十一屋には弥兵衛にお福、徹次に留助、伊佐、幹太がいる。それぞれが知恵と力を合わせれば、負けることはない。大丈夫。

そんな気がした。


昼過ぎには二色の水羊羹も色とりどりの羊羹や求肥の仕込みもすんだ。三日かけて砂糖を含ませた小豆の蜜漬けも、出来上がった。明日の早朝、仕上げればいい。ひもや懸け紙も用意した。

夕方、青竹の舟をのせた荷車がついた。大きな風呂敷包みはみんなで運び、台所脇の廊下においた。

川上屋からも前掛けが届いた。

紫と白の太い縞に紅色の牡丹の花をあしらったもので、牡丹の花のしべの金糸がきらきらと光っている。

「この一番大きな花が俺のか？　少し派手じゃねぇのか」

徹次は驚いた様子だったが、着けてみるとがっちりとした体つきの徹次によく似合う。伊佐の花は横向きで粋な感じがしたし、幹太や留助は黒い縁取りで元気がいい。小萩のものは小さな花をいくつも散らしてかわいらしく、弥兵衛やお福は堂々と中央において貫禄を出した。

花の姿や位置だけでなく、丈や幅も着ける人に合わせてあり、生地もしっかりとしていながら重すぎず、固すぎず、動きやすい。さすがに川上屋のお景の仕事だと思わせるような仕上がりだった。

「いよいよだなぁ」伊佐がつぶやいた。

「負けらんねぇな」留助もうなずく。

「あと一息だ。最後まで気を抜くなよ」徹次が言う。

「ここまでやったんだ。大丈夫だよ、安心おし」お福がみんなを力づける。

「そうですよ。お客さんも応援してます」小萩が言った。

「面白い、いい菓子比べにしたいねぇ」弥兵衛が続く。

「そうだ。飯食ったらさ、みんなで裏のお稲荷《いなり》さんにお参りに行こうよ」

幹太が言った。見世から少し歩いたところに小さな祠《ほこら》があり、お福が朝晩お参りしている。小萩も時々、手を合わせていた。

「そうだな。ちゃんとお願いしておかねぇとな」

留助も話にのる。

夕食の後、幹太、留助に伊佐と小萩も加わって四人で出かけた。

昼の熱気が残って蒸し暑い夜だった。縁台で将棋でもしているのか、人の声がする。空には細い月が出ていた。

小さな赤い鳥居をくぐり、石の祠に手を合わせる。

「おいら、頑張るよ。ぜってぇ勝つんだ」

幹太が握りこぶしをつくってみせた。

「あたりめぇだ。俺たちが負ける訳ねぇ」

伊佐が言う。

「明日の今頃は祝い酒だ」

留助が大きな声を出した。

小萩の心のどこかに船井屋本店の主人の話がある。お福に口止めされたからほかのみんなには話していないが、木々が濃い影をつくる暗い道を歩いていると、そのことが思い出された。

見世のあるあたりに黒い人影が見えた。

今頃、誰だろう。

ちらりと赤い炎のようなものが見えた。

火つけだ。

小萩は小さな叫び声をあげた。

「おい、お前ら、何やってんだ」

伊佐が鋭く叫んだ。

人影が動く。

一人、いや二人いる。

「てめぇ。どこのやつらだ」

幹太が走り出した。

「おい、やめろ。手を出すな」

留助が叫び、幹太を追いかける。走り出そうとした小萩の体がぐいと後ろに引き戻された。

体がふわりと宙に浮く。獣のような臭いがした。

さらわれる。

小萩の血が逆流した。

暗闇で相手の顔は見えない。大きな厚い手が顔をふさいで息ができない。体の自由がきかない。

夢中でもがいた。くぐもった声がもれた。

「あれ？　小萩、どこにいる？」

離れたところから留助の声がした。叫ぼうとしたが、声にならない。

頭をふり、身をよじり、足をばたばたと動かす。顔を押さえていた手がわずかにずれた。

うわあああああ。

小萩は叫んだ。

「どうした？　何があった」

伊佐の声だ。

小萩は叫び続ける。

体を動かし、腕に嚙みつき、足で蹴った。

どんと誰かが体当たりして、男の手が離れて小萩は地面にたたきつけられた。這うようにしてその場から離れる。

暗がりの中で敵味方入り乱れて、影が動く。

伊佐が男につかみかかる。別の男が殴りかかる。幹太が蹴る、留助が下駄で殴る。

だが、相手は強い。

幹太がつかまり、それを助けようとした伊佐の手がねじりあげられた。

「誰か来て。誰か来てください」

小萩は叫んだ。

徹次が走って来るのが見えた。見世の脇に火が上がっていて、弥兵衛とお福がそれを消している。近所の家から、ばらばらと人が出て来て、男たちは逃げて行った。

伊佐が腕を押さえてしゃがみこんでいた。小萩は何か言おうとしたが、泣いてしまって言葉にならない。

「ガキみたいにびいびい泣くんじゃねぇ。おめぇが助かったら、それでいいんだ」

伊佐が一喝した。

「あいつらの顔を見たか？」

徹次は幹太と留助にたずねた。

「暗くてよく見えなかった。たぶん初めて見る顔だ」と幹太。

「二十一屋だと分かって来てたんだろ？　だったら、明日の勝負にかかわりのあるやつらじゃねえのか？　どうでも、俺たちを勝たせたくねぇとかさ」

伊佐が吐き捨てるように言った。

勝たせたくない相手——。天下無双よりほかに考えられないではないか。

弥兵衛とお福が固い顔をしている。

「違うよ。鷹一さんじゃないよ。あの人は無関係だ。そんな卑怯な人じゃない」

幹太が甲高い声で叫んだ。

「分かっているよ。俺も、鷹一の仕業とは思ってない。この家で育ったんだ。そんな曲がった男になっているはずがない」

徹次が静かな声で言った。

「そうだね。あの子はかっこつけだから、こういうみっともない真似は絶対にしないよ」

お福も続けた。

「まぁ、とにかく家に入ろう。伊佐の腕も心配だ」

弥兵衛が言った。

伊佐の手を見た医者は筋を痛めただけだが、今無理に動かすと長引くと言った。

それで、伊佐がするはずだった仕事を分担しなおした。小萩も作業を手伝い、それでも足りない分は千草屋に頼むことにした。

「朝一番で私が頼みに行くよ」

お福が請け合う。

「よし、それじゃあ、みんな一休みするか」

徹次が明るい大きな声で言った。

すでに夜半を過ぎている。夜明け前には起きて菓子を仕上げなければならない。

小萩は横になったが目を閉じると、男の臭い、強い指の力、痛み、そうしたいろいろがよみがえって体が震えて止まらない。

仕事場におりると、徹次が座っていた。

「眠れないのか？」

小萩はうなずいた。

「そうだろうな」

「親方は？」

「まさかと思うけど、あいつらがまたやってくるかもしれないからな」

かまどには小さな火が入っていて、徹次は小萩に温かい湯を手渡した。

「少し落ち着くぞ」

温かい湯がのどから腹に落ちていく。恐怖が少し和らいだ。

「今日のことは鷹一とは関係がない」

徹次は静かな声で言った。

「こっちが梅夫しをつくったら鷹一は梅の雫。かすていらを焼けば、紅巻きかすていら。なんでそんなことをするのか分からなかったけど、菓子比べの話が来て納得がいった。鷹一は、俺とまた競い合いたいんだ。昔、よくやったんだよ。どっちが饅頭を速く包めるかとか、どら焼きの皮をきれいに焼けるかとか。そうやってお互いに腕を磨いたんだ。お互い夢中になってさ。楽しかった。あいつはそんな風に、俺ともう一度勝負をしたいんだ。そうやって、この十七年を埋めたいのかもしれないな」

失われた時間。過ぎて行った時間。

鷹一はそれを取り戻そうとしているのだろうか。

二

早朝、駿河町通の辻に、竹で囲った仮店《かりだな》が二つ並んだ。それが、牡丹堂こと二十一屋と天下無双の菓子比べの場となる。

菓子比べの開始までもう少し。すでに人が集まりはじめ、遠巻きにして眺めている。

小萩とお文は檜《ひのき》のたらいに井戸水を入れた。顔に青痣《あおあざ》を作った留助と幹太が出来たばかりの舟遊びを運んできてたらいに入れた。水につかると青竹の緑が、なお一層さえた。朝顔の紅色やあんずの朱色が映えて花が咲いたように華やかだ。

ふと見ると、隣の天下無双の仮店でもたらいを用意している。

しばらくすると、一抱えもある大きな氷の柱が運ばれてきた。

殿上人《てんじょうびと》は冬の氷を氷室《ひむろ》に入れて夏まで保存し、涼をとる。前田家では毎年、特別な飛脚を仕立て、加賀から江戸まで氷を運び、将軍家に献上しているという。

それほど貴重なものだから、小萩は夏の氷など見たことがなかった。

水を張ったたらいの中央の氷の柱は中心に白い芯があり、まわりは透き通ってぬれぬれと光り、夏の日差しに白い湯気をあげている。

いつの間にか、留助と幹太も横に来て氷の柱を眺めていた。

仮店の裏からひょいとあごに黒子のある職人が顔を出した。

「すごいだろ？　この氷は富士の方から今朝取り寄せたんだよ。あっちには夏でも氷の張った洞窟があるんだそうだ。こんなことが出来るのは、吉原の大島楼の楼主でもある勝代さんだからだよ」

自慢げに語る。留助と幹太の顔の痣を見て、ふと不思議そうな顔をした。

昨日の件にこの男は無関係か。

小萩は探るような目になっている自分に気づいた。

徹次と伊佐が来た。伊佐は手に添え木をあてて、肩から吊っている。だが、着物は洗ったばかりで紫と白の縞に紅牡丹の刺繍をあしらった前掛けをしている。

「菓子の準備が出来たら、お前たちも早く前掛けをするんだ」

徹次に言われて、留助、幹太、小萩も前掛けをつけた。やがて、前掛けをした弥兵衛とお福もやって来た。

一枚でも人目をひく前掛けである。七人がずらりと並ぶと壮観だ。

「おお、粋な前掛けじゃねぇか」

見物人から声がかかった。

ほどなく濃紺の仕事着の上に黒に金の縁取りをした陣羽織を着た鷹一が現れて、徹次に挨拶をした。

「徹次兄さん、今日はどうぞよろしくお願いいたします。この日を待っていましたよ。いい勝負にしたいものです」

鷹一は清々《すがすが》しい顔をしている。毛ほども悪びれたところがない。右手を吊った伊佐の腕を見て、少し怪訝《けげん》そうに眉をひそめた。

やはり何も知らされていないのか。小萩は思った。

勝代の姿を目で探すと、見物人の間からひょいと姿を現した。相変わらず化粧っ気もなく、えび茶色の着物を着ている。

「今日はよろしくお願いします。すごい氷ですねぇ」

留助が顔の痣をわざと見せるように挨拶する。勝代はちらりと目をやったが、表情は変わらない。

仮店の向かいの酒屋の見世先は茶人たちの席だ。仮ごしらえだが板の間に畳をおいて花をいけ、座敷のようにしつらえてある。

最初に霜崖が来て座った。大店の主人らしいおっとりとしたしぐさで、徹次に軽く会釈する。次に来たのは京くだりの薬種問屋で茶人の赤猪。七福神の福禄寿《ふくろくじゅ》のように頭が長く、福々しい。その次が札差の白笛。やせて額の広い学者風の風貌《ふうぼう》で、愛妾の春霞《はるがすみ》を伴っていた。

見物人たちの目が春霞に集まる。

春霞はかつて吉原の傾城《けいせい》。形のいい鼻とぽってりと厚みのある唇、キュッと目尻の上がった細い目に色香が漂う。衣裳がまた豪華だ。裾に向かって薄緑から淡い藤色に変わる着物には、打ち出の小づち、如意宝珠などめでたい宝尽くしの文様で、帯は金襴緞子《きんらんどんす》。帯のあたりがきらきら光ると思って見たら、石のようなものが帯どめに使われていた。

その後も次々と茶人が集まって席に着く。

少し離れた場所にある受付の方が騒がしくなった。

札を入れる百人を選ぶ抽選が行われているのだ。着飾った若い娘が木箱から札を取り出し、札に書かれた番号を読み上げる。別の一人がそれを大きな板に張る。同じ番号を持っているものが、菓子比べに参加できるという仕組みだ。

川上屋の冨江とお景、ほかにも牡丹堂のお馴染みの顔がいくつもあり、札が読み上げられるたびに喜んだり、嘆いたりしている。お景がこちらを見て、小さく合図を送って来た。どうやら百人のうちに選ばれたらしい。

見物人はますます増えて、辻に熱気が満ちてきた。

たらいの水が温《ぬる》むので、小萩は何度か水を替えた。天下無双の氷も小さくなると、大きなものに取り換えられる。いったい、どれほどの氷を用意したのだろうか。

どんと太鼓が鳴っていよいよ菓子比べの開始である。

黒子が登場した。芝居小屋よろしく大きな声で呼ばわる。

「とざいとうざい、これより江戸名物、菓子比べの場。東は二十一屋舟遊び。西は天下無双一陣の風」

拍子木が鳴り、それを合図ににぎやかに三味線が鳴りだした。どうやら、どこかの見世の二階に常磐津《ときわず》連中がいるらしい。

「よっ、天下無双」

大向こうから掛け声がかかる。わあっという歓声が起こった。小萩の気持ちも浮き立ってくる。

そうかこれは祭りで、芝居なのだ。これから面白い見世物がはじまるのか。舞台にあがっているのは二十一屋と天下無双の面々。

ならば筋書きはどうなのだ。

牡丹堂に良い風は吹くのか。

小萩は胸がどきどきしてきた。

菓子比べはまず、茶人たちの席から始まった。二十一屋の菓子をのせた皿がそれぞれの前におかれた。さじを添えている。

「大川の舟遊びを思い描き、白小豆と小豆の二色の水羊羹で波を表し、三日三晩かけて蜜漬けした大粒の大納言小豆や色とりどりの羊羹、甘酸っぱいあんずを散らして錦玉で固めました。器にはすがすがしい青竹を使いました」

緊張した面持ちの徹次が大きな声で述べた。

次は天下無双の番である。

運ばれて来たのは鮮やかな黄色の鉢だった。中には砕いた氷が入っていて、その中央には鮮やかな紅色の蓮《はす》の花。蓮の花は白か薄紅色がふつうだが、鷹一の蓮の花は夏の日差しを跳ね返すような、毒々しいまでに強い色をしている。

「夏の池に浮かぶ蓮の花を表しました。天下無双のあんは小豆を煮る時に出たあくを捨てません。あくの中にはうまみが溶けだしています。そのあくをも味方につけるのです」

鷹一は不敵な表情をたたえて言った。

赤猪が首を傾げた。

「そのあんはどこにある？　この花びらの下か？」

「その通りです。どうぞ菓子をくずして、花びらにあんをのせてお召し上がりください。花びらは吉野葛でつくった干菓子です」

赤猪は言われるままに、花びらを一枚引き抜いた。中のあんがよほどやわらかいのだろう。花びらは自分の重さに堪えかねるように次々と倒れて、黒々とした大きな小豆の粒が現れた。

「ほう」

見守る人々から驚きの声がもれた。

黄色い鉢、花びらの強い赤、小豆あんの黒。

色彩がぶつかり、主張し合っている。

「面白い。けれど、何か人を落ち着かなくさせる菓子ですな」

白笛がかすかに眉をひそめた。

食通でもある茶人の言葉を聞きもらすまいと、あたりは静まった。

小萩はいつか天下無双で見たきんとんを思い出した。あのきんとんも毒々しい色をしていた。きんとんのそぼろは長く、奇妙にねじれて、からみあっていた。

天下無双という名にふさわしい、まだ誰も見たことのない、世界に一つの美しい菓子。

だが、食べてみたいという感じはしなかった。

「不思議な姿でありんすな」

春霞がつぶやいた。

「しかし味は悪くない。花びらにのせる工夫は新しい」

赤猪が言った。

霜崖は天下無双の菓子をじっくりと眺め、次に二十一屋の菓子を手にとった。

「天下無双が夏の嵐なら、二十一屋はすずしい木陰に吹く風だ。やさしい気持ちにさせてくれる」

そう言って舟遊びをさじですくって目を見張った。

「おお、ずいぶんとやわらかい。ふるふると揺れている」

口に含んでうっとりとした表情になった。

春霞も舟遊びを口に運ぶ。

「つい先日、コクがあるけれど甘さがすっきりして、角がぴしりと立った水羊羹を食べたけれど、あの水羊羹はこの見世のものだったか。あの味を思い出した。するりとのどを過ぎていく。青竹の香りも清々しい。すずしい水辺にいるような気がする」

その様子を眺める人々が何とも羨まし気な顔になった。

白笛も目を細める。

「蜜漬けの豆もやわらかで、あんずの甘酸っぱさも楽しい。この小さな朝顔もかわいらしい。舟遊び。いい菓銘ですな。ゆらりと舟にのせられて旅しているような心地がする」

これは相当な褒め言葉だ。幹太がうれしくて飛び上がりそうな顔をしている。

「しかし、天下無双のあんもさすがだ。この力強さはよその見世には真似できない」

赤猪が言う。

そんな風に十人の茶人はそれぞれ感想を言い合った。どうやら評価は拮抗しているらしい。

金銀の水引を結んだ白木の箱が茶人たちの間を回り、各々札にどちらかの名前を書いて入れた。


三味線の音調が変わって、抽選で選ばれた百人に菓子が渡る。

真剣な顔つきで食べ比べている者。どちらに札を入れようか迷っている者。隣同士感想を言い合う者。さまざまである。お景は笑顔で合図を送って来た。ほかにも、牡丹堂のお馴染みが何人も目配せする。

「天下無双は見た目は面白いが、食べたら二十一屋がうまいはずだ。勝てるんじゃゃねぇか」

留助がつぶやいた。

「勝負は最後まで分からねぇよ」

伊佐は慎重な態度をくずさない。

心を決めた者は札にどちらかの名前を書いて札を紅白の水引を結んだ箱に入れる。

その長い行列ができた。

突然、三味線の音色がにぎやかになって、そろいの浴衣《ゆかた》を着た踊り手の列が現れた。先頭の男衆は腰をかがめ、派手な手振りで笑いを誘う。続くのは若い娘たちである。髪にはほおずきの飾りをつけている。

集まった人々の目が踊りに集まる。一緒に踊りだす者もいて、笑い声がおこった。

最後の一人が札を入れて、拍子木が鳴った。

気づけば、すでに一刻ほどが過ぎて、夏の日差しは力を増している。

開票の時刻だ。

二十一屋の仮店には弥兵衛に徹次や留助、助っ人に来た千草屋のお文と二人の職人が加わって、全員が顔をそろえている。徹次は背筋をまっすぐ伸ばし、前を見つめている。

小萩は天下無双の仮店の方をちらりと見た。

陣羽織を着た鷹一は戦国武将よろしく床几に座っていた。すぐ横にはえび茶の着物を着た勝代が影のように控え、一歩下がって職人が並んでいた。

晴五郎が茶人たちのいる座敷の脇に立った。

「これより札を開きます」

堂々とした声である。

水引をかけた二つの白木の箱が運ばれて来ると、場は静まった。

「こちらは町方、皆さま方の札でございます。お一人、一点。東が二十一屋、西は天下無双です」

着飾った若い娘が現れて紐を解き、厳かな様子でふたを取った。

「では、まいりましょう。東一点」

札を取り出し、みんなに見せるようにして隣にいる娘に渡す。娘は東と書いた盆にのせた。

「続きまして、西一点」

今度は東と書いた盆にのせる。

常磐津連中の静かな曲が流れ、札が次々読み上げられた。

最初は二十一屋の東が優勢だったが、すぐ西の天下無双に超えられた。それからは西の札ばかりが出る。

十対十五。十対十七。牡丹堂に一枚入ったと思うと、天下無双に二枚入る。

どんどん水をあけられる。

十二対二十。

「おかしいよ。そんなはず、ねぇよ。こんなに差が開くはずない」

幹太の声がかすれている。

「言うな。いちゃもんをつけているように取られたらみっともない」

伊佐が言う。

「だけど……」

小萩の言葉が途中で止まった。

動悸が速くなり、目の前が暗くなった。あわてて隣のお福の手を握る。

「大丈夫かい？　向こうで休んでいるかい」

「いえ、ここにいます。一人にしないでください」

その声がかすれた。伊佐と目があった。不安そうな顔をしている。

「なんでもないです。平気です」

大きく息を吸う。生ぬるい風にはさまざまな臭いが混じっていた。

何度も息を吸ったり吐いたりしたら、少し落ち着いた。

そして気づいた。

昨日のあれは獣の臭いではない。人の臭いだ。邪《よこしま》な思いを抱いた息の、汗の、体の臭いだ。

だから、どこにいても、あの臭いがするのだ。

負けたらだめだ。ひるんだらだめだ。

そうしないと、一生、逃げ続けることになる。

辺りを見回す。

点数は、十八対三十一になっていた。

見ている人々もざわつきだした。

「なんだよ、この点数。いかさまじゃねぇのか」

「おい。本当に数えているのか？」

そんな声が小萩の耳にも届いて来た。

茶人たちも落ち着かない様子になった。何かささやき合っている。

晴五郎の目が落ち着かなくなったが、そのまま札を読み上げる。

幹太は顔を真っ赤にしてうつむいている。伊佐は口をへの字にして、留助はぼんやり空を眺めている。弥兵衛もお福もどこかあきらめ顔だ。徹次だけが背筋を伸ばし、まっすぐ前を見ている。

とうとう二十五対七十になった。

いくらなんでもおかしい。

どうして、伊佐も幹太も留助も、みんな黙っているのだ。

弥兵衛とお福は抗議しないのか。

徹次はなぜ、姿勢をくずさないのか。

はっとした。

みんなは、小萩のことを心配して黙っているのだ。

昨日はみんながいたから何事もなかった。だが、二度目も無事とは限らない。小娘の一人や二人、さらっていくなど簡単なことだ。

ここでへたに騒いで事をかまえたくないのだ。

「最後の札です。西一点。結果が出ました。東二十八点対西七十二点」

晴五郎が声をはる。

小萩は夢中で前に出た。叫んだ。

「この勝負、おかしいです。もう一度、札を改めてください」

取り巻く人の間からざわざわと声があがった。

「そうだよ。だから、さっきから言っているじゃねぇか」

「ほんとにちゃんと数えているのかよ」

茶人たちは言葉を発しない。事の成り行きを見守っている。

晴五郎が小萩に負けじと大声を出した。

「私は札の通りを読み上げております。自分たちに札が入らなかったからと言って、文句をつけないでいただきたい」

「そうだよ。そっちの菓子の出来が今一つだったから、札が入らなかったんだろ。こっちのせいにしないでもらいたいね。いい加減なことを言って札を改めて何事もなかったらどうするんだ。どう落とし前をつけるつもりだ」

どすの利いた勝代の低い声が響いた。

一瞬場が静まり、ざわざわと波のようにささやきが広がった。

「小萩、おやめ。いいんだよ。戻りなさい」

お福が小萩の袖をひいた。悲しい顔をしていた。お福のこんな目を初めて見た。

小萩は胸が痛くなった。

自分はみんなの足を引っ張っている。

このままでは勝負を捨てることになる。今まで積み上げて来た牡丹堂の評判も地に落ちる。

だめだ。そんなことをしてはいけない。

だけど……。

「おい。ちょっと待て」

鷹一のよく通る声が響いた。

「俺もおかしいと思う。いくらなんでも、こんなに差が出るはずはない」

勝代が振り向いた。

「おや。また、鷹一様得意のかっこつけかい？　あんたは勝ってるんだ。文句を言う筋合いはないだろう」

「それならどうして牡丹堂の職人がけがをしてるんだ。職人が手を痛めるなんてよっぽどのことだ。何があったんだ。何をしたんだ」

鷹一が勝代に詰め寄った。

茶人の席が波立った。春霞がくいと勝代の方に向き直った。鈴のような声が響いた。

「ほう。この芝居、思わぬ方に転がった。面白い、面白い」

勝代は春霞を睨《ね》めつけると、急に声の調子を変えて晴五郎に言った。

「悪かったね。こっちにはかまわずに、先を続けておくれ」

晴五郎の顔は白くなり、目に落ち着きがなくなった。

「で、では茶人の先生方の札を開きます」

「ちょっと晴五郎待てよ」

人をかき分けるようにして、よれよれの着物を着た男が出て来た。金耕堂の店主、耕之進である。

「私は、この菓子比べを仕切っている金耕堂の店主だ。うちは素人相撲に鶯の鳴き比べ、大酒の飲み比べとあれこれ仕切らせてもらっている。いかさま勝負を許さないというのがうちの売りでね、妙な噂が立ったら、飯の食い上げだ」

「いい加減な事を言ったら、ただじゃおかないよ」

勝代が言った。声はやさしげだが、目は笑っていない。

「実はね、そこの河原でこんなものを見つけた。束と書いた木札だよ」

耕之進はふところから木札の束を取り出した。

「誰かがすり替えたんじゃないのかな？　あるいは札を入れるふりをして抜き取ったのか。こっちもうかつだった。踊りだのなんだのに気をとられて、箱の傍に人がいなかった時間があったんだ」

小萩は目を見開いた。

鷹一はびくりと体を震わせて、信じられないというように勝代を見た。だが、勝代は落ち着き払っている。

「やっぱり、いかさまだったんだ」

見物人から声があがった。鷹一は顔を真っ赤にし、勝代に向かって叫んだ。

「おい、なんでそんなことをした。いつ、俺がそうしてくれって頼んだ。俺は正々堂々と戦いたかったんだ。勝つ自信もあったんだ」

勝代は薄ら笑いを浮かべた。

「ほう？　勝つ自信がある？　うぬぼれるのもいい加減にしな。あんたの菓子が売れているのはあたしの仕掛けがあったからだよ。そんなことも分からなかったのかい。この唐変木」

鷹一の握ったこぶしがぶるぶると震えている。

「殴ってごらんよ。出来ないだろ。あんたの代わりなんか、いくらでもいるんだよ」

勝代がカラカラと笑った。

天下無双の本当の主人は誰なのか。それが明らかになった瞬間だった。

「まぁ、それぐらいにしておきなさい。せっかくの祭りだ。楽しくやりたいものだ」

白笛が静かな声でたしなめた。

「そうだ、そうだ」

人々から声があがった。

「申し訳ありません。もう一度、札を入れ直してもらいます」

晴五郎が声をあげた。

霜崖が手をふった。

「もう、いいじゃないか。この勝負、引き分けということで。徹次さんも鷹一さんも、どちらも二十一屋の弥兵衛さんの弟子だ。その兄弟二人が、違いはあれ、弥兵衛さんのいいところを受け継いでいる。実にめでたいことだ。今日は、それを祝うお祭りだよ」

「それがいいや。そういうことにしようぜ」

見物人から声があがった。

「そうだな。いい勝負だった。楽しませてもらったよ」

「さすがに茶人だ。いいこと言うじゃねぇか」

そんな声が聞こえた。

小萩は、そっと徹次の表情をうかがった。

静かなまなざしの先に鷹一がいた。

徹次が小さくうなずくと、鷹一もうなずき返す。

弥兵衛とお福が、そんな二人を微笑みながら見つめていた。

見物人の間から、さらに大きな歓声が上がった。

三日ほど過ぎた夕方、小萩が井戸端で洗い物をしていると木立の陰に人影があった。鷹一である。

仕事場に声をかけると、徹次がのっそりと姿を現した。

「兄《あに》さん、申し訳なかった」

鷹一が地面に手をついて頭を下げた。

「なんだよ。止めてくれ。お前のそんな姿、見たくねぇよ」

「いや……」

「それで、あの勝代って女とはちゃんと話がついたのか」

徹次はやさしい声を出した。鷹一は顔をあげ、立ちあがった。

「かかった金を返せというから、あの見世でつくった菓子のつくり方をみんな向こうに渡したよ。それでも足りない。残りはお前の借金だと言われて、茶人の霜崖さんに間に入ってもらったんだ。そっちにも後ろめたいことがあるだろうと諭されて、渋々勝代は引き下がった」

「しょうがねぇなぁ」

苦い笑いが徹次に浮かんだ。

「お前、これからどうするんだ」

「どうするかね。あちこち回ってみるよ。あてがない訳じゃないんだ」

「そうか」

二人は黙った。所在なげに足元を見ている。

小萩はそっとその場を離れた。

しばらく低い話し声が聞こえて来たが、やがてひっそりとした。鷹一は来たときと同じように静かに帰って行ったらしい。


ひと月が過ぎた。天下無双から鷹一はいなくなって新しい職人が来たが、味が落ちたと噂になっている。

その日、川上屋のお景が来た。三畳の座敷に入ると、お福相手にぼやいた。

「もうほんとに困っちゃう。あの勝代って女」

「どうしたんだよ」

「鷹一さんの注文でつくった陣羽織。半金はいただいているの。問題は残り。鷹一とは縁が切れたから払ういわれはないって言うのよ。別の着物を注文するからいいだろうって。そういう訳にはいかないわよ」

「そりゃあひどい話だ」

そう言いながら、お福は笑う。お茶を出す小萩もつられて笑ってしまった。

「もう、二人とも。こっちは笑い事じゃないのよ」

お景は憤慨した。

それからしばらくしてお福と二人で台所に立っている時、小萩はふと思いついてたずねた。

「十七年前、鷹一さんはどうして牡丹堂を出て行ったんですか？」

「どうだろう。別にたいした理由もなかったんじゃないのかね」

お福は静かに答えた。

「徹次さんと鷹一、お葉は本当に仲が良かったんだ。お葉は徹次さんのことを兄さんみたいに慕っていて、鷹一のことは自分の方がずっと年下なのに、やんちゃな弟みたいな気がしていたんだってさ」

「そうだったんですね」

「鷹一はお葉に振られて出て行ったとか、徹次さんと仲違《なかたが》いして居づらくなったとかいう人もいるけど、そんな風には思えないね。鷹一は聡い子だからね、きっと分かってたんだよ。自分がいたら二人の邪魔になるってさ。ここは徹次さんとお葉が新しい牡丹堂をつくっていく場所だ。自分は自分の居場所を見つけなくちゃいけない。でもそんなこと、面と向かって言うのは照れくさくってさ、つい憎まれ口を利いて出ていったんじゃないのかね」

お福は遠くを見る目になった。

「心配しなさんな。鷹一もいつかきっとまた、ここに戻ってくるからさ。その時はまたみんなで、ゆっくり話でもするさ」

伊佐の腕はすっかり良くなった。前と同じように仕事をしている。

小萩が菓子帖に絵を描いていると、隣に来て言った。

「秋の七草の菓子を考えたんだ。見てくれるか？」

緑で楕円を描き、上に一列白や紫の小さな点を並べている。

「緑は外郎で、点のところは米の粉を染めたやつだ。中は粒あんかな。かわいいだろ」

「ちょっと地味じゃないですか？　どうせなら、ぱあっと派手なほうがいいです」

「そうか。気に入らないか」

伊佐は行ってしまった。

「相変わらず、お前さんはのんきだよなぁ」

留助が絵をのぞき込んで言った。

「何がですか？」

「それ萩の花だろ。秋の七草って言われたら、ふつうそう思うだろ」

小萩はあわてて絵を見直した。

明るい緑の地に、色とりどりの小さな粒が並ぶ。たしかに萩だ。小萩の菓子だ。

「だからさぁ。そろそろ本気出さないと……」

いつもの話をはじめようとした留助をおいて、小萩は伊佐を追いかけた。伊佐は井戸端にいた。

「なんだ？」

振り向いた伊佐はいつものとっつきにくそうな様子をしている。小萩は何を言ったらいいのか分からなくなった。

「もう秋ですね」

「そうだな。そろそろ秋だな」

後の言葉が続かない。二人で黙って空を見上げた。

白い雲が浮かんでいた。

光文社文庫

文庫書下ろし
なごりの月《つき》　日本橋《にほんばし》牡丹堂《ぼたんどう》　菓子《かし》ばなし(二)
著者　中《なか》島《しま》久《ひさ》枝《え》

2018年1月20日　初版1刷発行
2018年2月5日　2刷発行

発行者　鈴木広和
印刷　豊国印刷
製本　ナショナル製本

発行所　株式会社　光文社
〒112-8011　東京都文京区音羽1-16-6
電話　(03)5395-8149　編集部
8116　書籍販売部
8125　業務部

ISBN978-4-334-77594-0　Printed in Japan

組版　萩原印刷

光文社文庫　好評既刊

暗黒神殿　田中芳樹
蛇王再臨　田中芳樹
女王陛下のえんま帳　田中芳樹　垣野内成美　らいとすたっふ 編
ボルケイノ・ホテル　谷村志穂
ショートショート・マルシェ　田丸雅智
優しい死神の飼い方　知念実希人
屋上のテロリスト　知念実希人
シュウカツ［就職活動］　千葉誠治
娘に語る祖国　つかこうへい
if の迷宮　柄刀一
翼のある依頼人　柄刀一
猫の時間　柄刀一
槐　月村了衛
青空のルーレット　辻内智貴
セイジ　辻内智貴
いつか、一緒にパリに行こう　辻仁成
マダムと奥様　辻仁成

にぎやかな落葉たち　辻真先
サクラ咲く　辻村深月
探偵は眠らない 新装版　都筑道夫
アンチェルの蝶　遠田潤子
雪の鉄樹　遠田潤子
野望銀行 新装版　豊田行二
グラデーション　永井するみ
金メダルのケーキ　中島久枝
おふるなボクたち　中島たい子
ベストフレンズ　永嶋恵美
視線　永嶋恵美
ぼくは落ち着きがない　長嶋有
離婚男子　中場利一
雨の背中　中場利一
暗闇の殺意　中町信
偽りの殺意　中町信
武士たちの作法　中村彰彦